CONTOS DE AMOR, DESAMOR, DRAMA E TRAGÉDIA NO RIO DE JANEIRO

MARCELLA SARUBI

[primeira edição]
URUTAU
março de 2024

O —

editora Urutau

rua do cajú, 478,
jardim das cerejeiras
06724-015
cotia-sp (brasil)

rua manuel pacheco nobre, 128 - 5º esquerdo
2830-080
barreiro (setúbal)
portugal

[+351] 928053619 [portugal]
[+55] 11 95608 8983 [brasil]

www.editoraurutau.com.br
contato@editoraurutau.com.br

[EDITORA]
debora ribeiro rendelli
[REVISÃO]
juliana palermo
[PROJETO GRÁFICO]
wladimir vaz
[COORDENAÇÃO GRÁFICA]
tiago fabris rendelli
[DIAGRAMAÇÃO E CAPA]
victor h. azevedo

dados internacionais de catalogação na publicação (CIP) de acordo com ISBD

Sarubi, Marcella
S251c Contos de amor, desamor, drama e tragédia no Rio de Janeiro / Marcella Sarubi. - Cotia : Urutau, 2024. 188 p. ; 13cm x 19cm.

ISBN: 978-65-5900-676-2

1. Literatura brasileira. 2. Contos. 3. Prosa. I. Título.

2024-595 CDD 869.8992301
CDU 821.134.3(81)-34

Elaborado por Odilio Hilario Moreira Junior - CRB-8/9949

SUMÁRIO

[9] **[prefácio da autora]**

CONTOS DE AMOR E DESAMOR (OU VICE-VERSA)

[17] MORANGOS DO MUNDIAL
[24] AS REAÇAS DO LEBLON
[34] A TURMA DA VINTE E OITO (OU UMA HOMENAGEM À "COM AÇÚCAR, COM AFETO")
[36] EMBAIXO DOS LENÇÓIS
[62] SASHA

DESILUSÕES E DRAMAS

[97] A LEI DO NEWTON
[99] PELA ORELHA DE VAN GOGH
[103] NUMA QUITINETE NA GLÓRIA, ESPERO O RIVOTRIL FAZER EFEITO
[107] SÍNDROME DO "EU TRABALHO PRA C@R@LHO", UMA TESE DE SOPHIA LANGE, MÃE E ACADÊMICA DE SANTA TERESA
[118] ESTAÇÃO CINEMA BOTAFOGO

TRAGÉDIAS CARIOCAS

[125] UM ROMANCE CARIOCA EM TRÊS ATOS (OU UMA HOMENAGEM A N. R.)
[136] TRÊS POR QUATRO

[145] A FILANTROPA DO MÉIER
[158] FILHINHO DA MAMÃE

[173] **[uma nota final]**
[179] **[posfácio]**
[181] **[agradecimentos]**

É preciso que a mulher escreva: que a mulher escreva sobre a mulher, e que faça as mulheres virem à escrita, da qual elas foram afastadas tão violentamente quanto o foram de seus corpos; pelas mesmas razões, pela mesma lei, pelo mesmo objetivo mortal. É preciso que a mulher se coloque no texto — como no mundo, e na história — por seu próprio movimento.

HÉLÈNE CIXOUS

O riso da Medusa

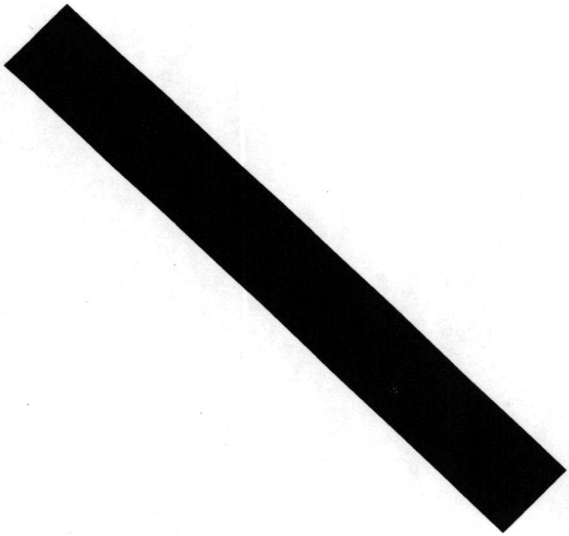

[prefácio da autora]

> [...] *de algum jeito, aprendi, por acaso, que toda aquela andança, intensamente sentida, sempre levada a anotar o que via e sentia,* [...] *tudo isso que fazia instintivamente, outros já tinham feito tantas vezes que já existia até um termo. Eu era* flâneur.
>
> LAUREN ELKIN
> em Flâneuse:
> mulheres que caminham pela
> cidade em Paris, Nova York,
> Tóquio, Veneza e Londres

Sempre fui apaixonada pela prática e pela escrita de *flânerie* e, os contos deste livro foram elaborados, principalmente, a partir da minha *flânerie*, do meu fascínio por deambular e observar a cidade, especialmente o Rio de Janeiro, onde nasci e moro, e suas gentes — e outros grandes centros e capitais, menos, mas também.

Não há maior prazer para mim do que desbravar as ruas a pé, conhecer suas histórias e as de seus edifícios, lugares à moda ou decadentes, cujos tempos áureos já caducaram, observar pessoas a conversar, sentar-me aos cafés e bares, alcançar peculiaridades das regiões, me abismar com a gentrificação, espiar becos clandestinos... Pelo menos até que a insegurança que se impõe aos corpos femininos vença e a mim não seja mais possível permanecer ou avançar (há algum lugar seguro às mulheres, afinal? Se em casa estamos em risco, que dirá nas ruas).

Quando sigo em minha vocação de andarilha, me sinto ainda mais viva com o calor do sol, o frescor e o cheiro da chuva recém-caída, o vento na cara... Nesses meus cruzos, parece que estou fundida à matéria da cidade, imiscuída ao concreto e às formas, amalgamada aos sons e cheiros do ambiente e em sintonia com a energia anímica das ruas. Sim, porque a energia da rua é uma entidade, paira autônoma, fluida e densa, e se alimenta da vida das gentes, ao passo que nutre a elas também.

É notório e uma lástima que a literatura de prosa (incluindo contos) de *flânerie* feita por mulheres, sobretudo no Brasil, conte proporcionalmente com menos autoras do que autores. Tal fato é *compreensível*, embora não justo...

Como ser *flâneur* (umA *flâneuse!*), cuja natureza da atividade tem como prerrogativa o trânsito livre pelo espaço público, se as mulheres não têm direito à cidade e ao espaço das ruas (sim, ainda hoje) na mesma medida e liberdade que os homens? Como fazer a *flânerie* e ser a si mesma, a certo modo, uma figura literária errante da própria literatura, se não temos de fato trânsito livre pelas cidades e nem mesmo a liberdade integral de nossos corpos — como ser "errante" se a nós mulheres não há o direito de "errar", hesitar?

Mesmo assim, estou aqui!

Uma *flâneuse*!

Se voltarmos pelo túnel do tempo, veremos que sempre havia uma flâneuse *passando por Baudelaire na rua.*

Lauren Elkin

Flâneuse: mulheres que caminham pela cidade em Paris, Nova York, Tóquio, Veneza e Londres

É preciso um adendo sobre a minha preferência pelo uso de *flâneuse* e não *flâneur*.

Flâneuse não é uma inovação minha, que fique claro. Me inspiro em Lauren Elkin, com seu livro *Flâneuse: mulheres que caminham pela cidade em Paris, Nova York, Tóquio, Veneza e Londres*. Tomo emprestadas elocubrações de Elkin para justificar a adesão ao termo *flâneuse* em resistência ao substantivo consagrado e canonizado masculino, *flâneur*.

Entre outras reflexões sobre a prática de *flânerie*, Elkin explica que, ao longo dos seus estudos, notou que dicionários franceses nem sequer registravam a versão equivalente no gênero feminino para *flâneur*. Ou seja, assim como o homem, a mulher desde sempre flana. Há mulheres flanando neste exato momento em cada canto do mundo, de um lado para o outro, seja na experiência cotidiana de levar os filhos à escola e, no caminho, observar as folhas das estações que mudam, seja parada em um café lendo uma revista, seja de fato desbravando a cidade em busca de inspiração artística. Porém, diferentemente da prática deles, nunca houve na história um substantivo para nos definir em nossa vocação andarilha flanante.

Foi entre essas indagações que Elkin, então, converteu o substantivo masculino em feminino, forjando *flâneuse* para a prática feminina andarilha, uma mulher que anda, sente, observa e se imiscui na cidade para tê-la não só como fonte de experiências, mas de sua literatura. Na definição e palavras de Elkin no livro supracitado:

"Flaneuse [*fla-nôse*] do francês, substantivo. Forma feminina de *flâneur*, uma ociosa, uma observadora errante, normalmente encontrada em cidades.

Essa é uma definição imaginária. Os dicionários franceses, em sua maioria, nem trazem o vocábulo. O *Littré* de 1905, na verdade, faz uma concessão para "*flâneur, — euse*", quem flana, mas o *Dictionnaire Vivant de la Langue Française* define *flâneuse*, acreditem ou não, como um tipo de espreguiçadeira.

Será que é piada? O único tipo de ociosidade curiosa a que se entrega uma mulher é ficar sentada numa cadeira?"

Eis, então, aqui, a explicação para a minha opção por aderir ao termo e me incluir também às fileiras das *flâneuses*, mulheres andantes e observantes, que vão, sim, garantir à unha o direito de habitar a cidade, escrever suas impressões, sensações e memórias, andar sozinhas ou acompanhadas, mas poder escrever-se a si mesmas por seus olhares, e não pelo dos homens, e serem legitimadas como tais. Somos *flâneuses*. A cidade é também nossa. E, se não quiserem deixar, a gente toma.

* * *

Voltando à urdidura destes contos, é importante ressaltar que os textos deste livro partiram também de vivências pessoais ou depreendidas de outrem, conhecidos ou não. Ficcionalizada, essa matéria bruta ganhou cores, fatos, elementos, mais drama, desilusão, ironia, o absurdo e o surreal, o ocaso e até B.O.!

Além da experiência andante de experimentação das ruas, estes contos de amor, desamor, drama e tragédia são fruto da bisbilhotice que lanço aos indivíduos que habitam e transitam a cidade, suas atitudes, gestos, interações, ofícios, conversas, tristezas ou alegrias, fragmentos que consigo capturar — e, o que fica incompleto, imaginar.

Como não poderia deixar de ser em face à minha prática *flâneur* e à minha vivência como mulher, que exige o seu direito à cidade, à literatura, à sobrevivência e à vida, cada um dos contos deste livro se passa em algum bairro específico (às vezes mais de um) ou uma região do Rio de Janeiro. Assim como todos têm, se não como protagonista direta uma mulher, o protagonismo feminino em foco. Como eu, essas mulheres atravessam a cidade, buscando o próprio lugar na rua e na existência para a concretização de suas essências e realização de sonhos.

E mais: é preciso que se saiba que em muitas das personagens aqui presentes há um pouco (às vezes muito) de mim. Ou em mim há um pouco de algumas das personagens? Não sei, vivo certa fusão com elas e as uso para transgredir, para que façam coisas que eu jamais faria, das mais pudicas às mais duvidosas.

Isabelle e os olhos azul-opala, Renata e sua superficialidade, Júlia e as angústias da maternidade, Sônia e seus morangos, Sophia Lange à beira de um ataque de nervos, Marieta e sua "generosidade" burguesa... Quem sabe nelas eu estou um pouco?

Deixo, assim, à leitora e ao leitor o mistério, o prazer de fantasiar o que é fruto de experiência minha ou inspiração ficcionalizada.

* * *

Em tempo: alguns dos contos aqui foram escritos mais de dez anos antes da publicação desta obra. E ficaram guardados, esquecidos, envergonhados; depois, retomados, lapidados, e até reconstruídos com o amadurecer da *flâneuse* que vos fala por muitas e muitas vezes. Outros, mais recentes, nasceram de jorros e ficaram prontos em um mesmo dia. Simplesmente se manifestaram em ideias e ganharam contornos rapidamente. Assim como a experiência da cidade se constrói, reconstrói, se adapta em movimentos ora *leeeentos* ora velozes, amadurece processos e adapta dinâmicas, foi também assim minha jornada para a construção destes textos.

E agora basta, que este livro precisa ir a viver, misturar-se a outras histórias das ruas, a memórias afetivas compartilhadas, e, também, porque, se eu o revisar mais uma vez, vou enlouquecer, pois, durante a elaboração final deste material, me senti uma verdadeira Penélope, tecendo de dia para destecer à noite.

Que riam, se emocionem, torçam pelas nossas personagens, chorem e encontrem algum prazer e divertimento nesta leitura!

CONTOS DE AMOR E DESAMOR (OU VICE-VERSA)

MORANGOS DO MUNDIAL

Lá estava ela na prateleira de alimentos refrigerados... Uma caixinha solitária. Eram morangos vermelhinhos, da cor perfeita, da cor de docinhos, docinhos, azedinhos na medida certa, e carnudos. Na camada de cima, justiça seja feita!, pois, embaixo, frutos pequeninos, meio verdes, amassados, como de costume. Ainda assim, valiam a pena, e aquela era a última caixa de morangos do supermercado.

Não tinha esse negócio de morango com fartura o ano todo, não. Tão somente de julho até fins de setembro. E olhe lá! Ia ser a última vez da temporada que Sônia compraria morangos, depois, só no ano seguinte, pois as caixas, embora possível comprar em estabelecimentos de elite, custavam caro, caríssimo. E, em polpa, nem pensar!

Estava atrasada para o turno no hospital em que trabalhava, não podia ir a outro mercado, e, no dia seguinte, ao sair do expediente às seis da manhã, não daria tempo de ir à feira, catar uma caixa espapaçada que fosse antes de ir para casa no Rio Comprido. O bolo tinha de estar pronto antes da entrada da escola, de modo que a filha (e torta de morango era o doce preferido da menina) pudesse cantar parabéns com os colegas no recreio, às nove e vinte e cinco impreterivelmente; regras para festinhas na escola. Portanto, a última caixa de morangos, Sônia ia ter que garantir. Precisava de morangos e os teria!

Era o Supermercado Mundial no Largo da Segunda-Feira, na Tijuca. Aos iniciados, não é preciso explicar mais nada. Para o leitor não familiarizado com o Mundial, deixe-me que o apresente, afinal, na sua cidade há de ter um similar com as cores locais.

Alguns aspectos são comuns a toda incursão que se faça ao Supermercado Mundial…

Não importa a hora muito menos a época do mês em que se vá até lá, ele estará lotado. Não como um quinto dia útil do mês qualquer e, sim, como uma manhã de véspera de Natal.

Ao cruzar o portal do Mundial, uma energia maléfica, capaz de minar totalmente a noção de educação, toma conta da maioria das pessoas, e é provável que lá se experimente talvez não a pior versão de si, mas algo muito próximo. Retirando a educação, o espaço que fica é ocupado por falta de gentileza, instinto de competição, zombaria e mesquinharia. É como ir à caça com hienas furiosas falsamente risonhas que disputam a mesma carcaça com você.

O pagamento é em dinheiro ou débito. Atualmente, PIX, mas nada de cartão de crédito. É tudo *cash*; dinheiro de papel, de plástico ou transação imediata. Nada de prazo, nada de tolerância.

Haverá velhinhos rabugentos, muitos, agarrados a biscoitos Maria e marrom-glacê ou com bengalas penduradas aos carrinhos, caminhando lentamente, engarrafando todo e qualquer corredor.

E mais: sair de lá sem que um carrinho lhe tire um naco do calcanhar de Aquiles é um feito impossível. Assim como é impossível não presenciar pelo menos uma briga. Veja, pelo menos.

Diante de tal cenário pré-apocalíptico, Sônia optou por deixar as compras encostadas a uma gôndola para chegar aos morangos mais agilmente. Mirou o objeto de desejo e foi reto buscar. O que não contava é que, do lado oposto, Joelma, moradora local, cobiçava a mesma caixa de morangos.

Joelma... conhecida no estabelecimento, amiga dos gerentes, das operadoras de caixa, cumprimentada pelos frequentadores. Nascida e criada nas adjacências, mais do que "local", figura de honra da Banda do Largo da Segunda-Feira... Luzia brilho e suscitava orgulho na memória afetiva partilhada daquelas redondezas. Além de membra da Diretoria da agremiação, Joelma era surdo de marcação e filha de um dos fundadores da Banda. Esteve presente em todos os Carnavais do bloco desde o primeiro desfile, em 1989. Não consistia em pouca estirpe e garantia um séquito de admiradores bastante digno para qualquer circuito bairrista carioca, da Zona Norte à Zona Sul.

Sônia e Joelma alcançaram a caixinha ao mesmo tempo. Os olhares subiram se encontrando, se fulminando talvez seja mais adequado, e, em vez da cortesia de um "pode ficar", nenhuma delas abriu mão, literalmente.

Dando pequenas puxadinhas, uma para cada lado, puseram-se a disputar a caixinha — e a amassar um pouco os morangos...

— Eu peguei primeiro.

— Pegou nada.

— Peguei sim.

— Mas eu preciso pro bolo de aniversário da minha filha.

— E eu pro pavê do almoço do ensaio comemorativo.

— Você pode comprar amanhã de manhã. Eu preciso pronto às sete da manhã.

— Posso não, é pra cedo o meu.

A gente ao redor começou a colocar olho comprido, a parar para assuntar e aguardar o desfecho. O povo do "deixa-disso" se pronunciou, sem muito sucesso. Por afinidade, a torcida tendia para Joelma.

— Eu vi que Joelma pegou primeiro — uma mulher disse.

— É, eu vi também — outra encorpou o coro.

Sônia firmou os dedos, e um morango mais maduro virou purê. Joelma não arredou, seguiu no duelo. Os olhos de Sônia refletiram, precipitando lágrimas, a mão afrouxou. Joelma aproveitou, puxou para si os morangos, venceu a querela.

Sônia ficou tão desgostosa que largou tudo no carrinho e saiu faiscada. Mas, antes de deixar o estabelecimento, a raiva a cegou, e ela começou a traçar um plano. Ou quase isso.

Ficou de espreita atrás da banca em frente ao mercado.

Quando a outra saiu, Sônia seguiu-a até um prédio. "Deve ser onde essa fulana mora", pensou. À frente do prédio de Joelma, germinou em Sônia uma verdadeira obsessão de vingança. No entanto, àquela hora, nada mais dava a ser feito. Restava ir para o trabalho e pensar num plano B. "Mas essa aí lá vai ver só...", praguejou.

No raiar do sol do dia seguinte, findado o turno, Sônia correu para casa e fez o que podia com o que tinha para a garota não ficar sem bolo no parabéns. A verdade é que não era só pelos morangos. Sentia-se vexada. Escorpiana, sempre fora orgulhosa, um bocadinho ruminante, e não conseguia relevar a afronta.

A filha fez careta ao ver um *bolo de brigadeiro*, tinha prometido às amigas uma legítima torta de morango com chantili. Em vez disso, ia levar o mesmo que todo mundo. A raiva de Sônia aumentou. "Aquela lá vai ver..."

Como trabalhara de madrugada, estava de folga. E, logo depois de entregar criança de cara amarrada e bolo na escola, se pôs novamente de tocaia à porta de Joelma. O nome e onde morava, Sônia já sabia. Agora, urgia dar um jeito de se vingar pela ofensa. "Aquela lá vai ver..."

Joelma saiu de casa às dez da manhã. Com ela, além do pavê num pirex encimado por papel alumínio, um cachorrinho à coleira. O bicho, mais parecido com a dona, impossível. A comprovação da máxima de que "todas as coisas se parecem com seus donos".

Depois de deixar o pavê na sede da Banda do Largo da Segunda-Feira, uma casa de pé-direito alto na Rua Aguiar, Joelma flanava pelo Largo da Segunda-Feira e arredores com seu mascote; Sônia, alguns passos atrás, no rastro. Acompanhou Joelma até o momento em que a baluarte tijucana se sentou no Bar Madri, cliente assídua, para tomar uma cerveja antes do almoço e ficar pensando melhor. Ficou disfarçando, fingindo procurar algum exemplar de interesse na Casa da Árvore, livraria avizinhada da rua, mas estava mesmo era de olho em Joelma sentada à mesa do bar. Meio-dia, e Sônia tinha um monte de coisas para fazer em casa durante a folga. Foi embora, mas "Aquela lá vai ver só...".

Por um mês, Sônia seguiu Joelma, anotou horários, sabia os hábitos da outra, ficou *habitué* daquela rotina. Logo passou a frequentar os ensaios da Banda. Sempre que podia, aos sábados à tarde, estava lá, no Clube Municipal, observando Joelma de longe. Para quê? Não sabia. Vingança nenhuma em termos concretos lhe passava em mente, e sendo Sônia, apesar de um pouco rancorosa, uma alma pacífica, que nem barata matava e tinha medo de lagartixas, difícil imaginar o que de mal poderia fazer a alguém. Tomava umas cervejas, aprendia o enredo do ano, fez até amizade nos ensaios.

No entanto, o que tinha de pacata, Sônia tinha de orgulhosa. Mesmo feliz com os novos amigos e a vida social revigorada, guardou ranço. Nos eventos, encarava Joelma de longe: e que leveza no trato com as pessoas, que alegria, que sorriso, uma simpatia! Todo mundo cumprimentava Joelma, fazia reverência à sua presença. O despeito de Sônia crescia. "Aquela lá vai ver..."

Continuou, na encolha, a atividade de araponga enquanto um plano de vingança não se delineava. Ninguém desconfiava. Às vezes, pensava: "Meu Deus, mas por uma caixa de morangos?". Porém a lembrança do vexame no mercado vencia, e, agora, já por costume, afeição, Síndrome "reversa" de Estocolmo ou sabe-se lá o quê, continuava cercando Joelma pelo bairro. "Aquela lá vai ver..."

Não se pode dizer por quantos meses Sônia *estalqueou* Joelma ou explicar ao certo como o desenlace se deu. Há muita fofoca e versões, especulações de quem teria começado o quê, feito o que primeiro... O que sei é que, da última vez que tive notícias de SôElma, as duas haviam alugado um apartamento na Rua Félix da Cunha e, doravante, dividiam não só a cama e a vida, mas o amor pela Banda do Largo da Segunda-Feira.

É possível encontrá-las em todos os ensaios, felizes, companheiras... Nos dias de desfile, na esquina do galeto Na Brasa Columbia, é Joelma na bateria, preferencialmente de onde consiga ver Sônia, que, a seu passo, rodopia feliz, à frente do grupo, sambando no pé e de estandarte nas cadeiras. Virou não só a musa do coração de Joelma como também do bloco.

Uma coisa é certa, amor e morangos não faltam na casa daquelas duas.

AS REAÇAS DO LEBLON

— Ali a…

— *Shhhh*, ela vai ouvir.

— Cê viu?

— Vi. Mas fala baixo, que não existe coisa mais ridícula do que pagar pau pra artista na rua, Renata.

— Beto, até parece que eu pago pau pra artista. Se ainda fosse o Chico Buarque, mas ela? Papelão, viu?! Virou reaça. Imagina a vergonha da família! E o climão nas festas de fim de ano? Se é que ainda tem festa de família, né…

— Eu quero que ela se foda, Renata! Aliás, eu quero que a família TODA se fo/

— *Shhhh*. Fala mais baixo. E não fala assim, o resto da família é legal. Muito talento, progressistas. Não têm culpa da outra ter caducado e virado reaça.

— Renata, ninguém "vira reaça". A pessoa já é assim desde sempre, só que um dia coloca as asinhas de fora. Não se acorda um dia conservador. Isso é uma coisa que se acalenta em anos e anos, feito um tamagotchi, saca? Vai dando comidinha, comidinha, alimentando o bichinho; um odiozinho, um ressentimentozinho, uma *fake news*, e, de repente, *pum*, perde total o referencial de realidade. A pessoa gosta de ser assim, tem orgulho, e se realiza quando tem a possibilidade de extravasar. Por isso, quero que se fo/

— Fala baixo, porra. Já disse. Concordo com você, mas fala baixo, que a reaça é meio pavio curto e já, já vem aqui tirar satisfação, fazer barraco... Aliás, quer saber? Fala o que você quiser... Cagando. Não sei por que tá tão nervosinho hoje, credo.

A reaça estava de fato lá, naquela padaria *fancy* do Leblon, a duas mesas de Renata e Beto. Pensaram em mudar de lugar, mas a garçonete já estava a postos para anotar o pedido. Beto deu um suspiro no melhor estilo "puta que pariu", ia precisar de uma taça de vinho, no mínimo. Renata queria conversar sobre alguma coisa ("Só podia ser merda", avaliava), e ele mandou a família da reaça toda se foder. Por pouco, a estimada senhora não ouvira. E ainda nem dez da manhã. E "Não era ali que havia até uma seleção de vinhos próprios de primeira produzidos numa vinícola de Portugal?", pensou Beto em sequência. "Então, que ficassem."

A garçonete manifestou:

— Bom dia! Somos o Atalho Capixaba. Que experiência podemos oferecer a vocês nesta manhã?

Beto e Renata disseram os pedidos. Calaram para aqueles vinte segundos desconfortáveis em que duas pessoas pausam uma conversa íntima em curso, esperando a garçonete terminar a anotação para retomar a privacidade.

— Uma taça de tinto Atalho do Alentejo, certo? E um suco de laranja sem gelo e sem açúcar, correto? Já trago. — A atendente foi-se a comandar os pedidos.

Os dois continuaram:

— Renata, eu não tô *nervosinho*... Você disse que precisava conversar e sabe que eu odeio isso de dizer que precisa conversar. Esse suspense idiota. Chega e fala logo! Anda, quero saber o qu/

— *Shhhh*. Espera. Tá ouvindo o que aquelas duas do canto tão falando? Estão comentando sobre o casal ali. Ai, fico pra morrer com gente homofóbica. Tenho vontade de dar na cara. Vou ficar encarando pra ver se elas se mancam.

As duas mulheres comentavam entre si e olhavam de soslaio para um jovem casal na mesa perto da saída:

— Não precisa ser assim. Ridículo. Pode ser homossexual, mas ficar beijando em público? Aqui é um lugar de família, gente de bem, que qué isso? Que falta de respeito...

E a outra:

— É, absurdo. Aqui antigamente não tinha isso...

Além do fato de serem homofóbicas, o erro das duas foi ter lançado à Renata olhar em busca de aprovação. A moça não faz parte daquela laia. Aumentou a voz e dirigiu-se a elas:

— Vem cá, cês tão malucas? Não têm vergonha, não? Preconceituosas... Ó, isso é crime. Vocês tinham que ser presas. Tomem conta das próprias vidas.

— Renata, pelo amor de Deus...

— Beto, você pode mandar a reaça se foder e eu não posso falar porra nenhuma?

As duas senhoras, fina flor do Leblon, arregalaram os olhões, quatro faróis, em fúria, estavam ofendidíssimas. Torceram boquinhas e gralharam entre si, o olhar de viés. Uma delas se voltou a Renata e disse:

— Que mal-educada você. Sua mãe não te deu educação, não? A gente aqui conversando e você se intromete...

Renata se levantou da cadeira:

— Minha senhora, você olhou pra mim querendo aprovação. Queria a minha opinião, não queria? E eu dei. Pronto.

Climão. As pessoas ao redor interromperam talheres e xícaras no ar, a meio caminho das bocas. O silêncio se instaurou em observância ao desenrolar dos fatos. Beto, apreensivo, inclinou-se discretamente para frente e puxou Renata de levinho por uma das mãos, induzindo a namorada a sentar-se novamente.

Nesse exato momento, como uma espécie de fenômeno catalítico de exteriorização das últimas interações, a reaça se engasgou. Duas pessoas tiveram que acudir a mulher para desentalar o que parecia ser uma quiche de cebola.

Mais olhares de tensa expectativa. Reaça socorrida, barraco em suspensão, os clientes retomaram as conversas, o rebolar dos queixos e os biquinhos de sorver. Afinal, nada novo no front, só mais um dia com a fauna local interagindo, só mais um casal da burguesia festiva folclórica carioca e uma dupla de reaças numa padaria-café do Leblon.

Beto esperou mais dez segundos para ter certeza de que tudo se acalmara e de que Renata dera uma decantada.

A garçonete trouxe o pedido, Beto retomou:

— Um dia você ainda vai apanhar... — alertou.

Renata, entredentes:

— Beto, porra, se fudê, cara. Fico PRA MORRER com essas coisas. PRA MORRER. Vam'bora daqui. Já deu aqui, né? Não tem mais clima pra nada. — Ia levantando o braço pra pedir a conta, Beto impediu:

— Que mané clima o caralho, Renata?! Não saio daqui até você me dizer o que queria. Você queria falar uma coisa comigo, então, diz logo.

Renata, contrariada:

— Ai, cara, porra, me tira do prumo essas merdas. Olha, eu quero esse nosso relacionamento, *ainda mais agora*. Eu te amo. Mas eu sou o que sou. Você precisa me entender, me apoiar e não me criticar. Não suporto essas ignorâncias. E digo mais, ó, quer saber? Tem uma coisa que eu já tava ruminando pra falar com você, e acho que agora é a hora. Eu fico puta com essa galera que acha que a nossa afetividade e orientação sexual são coisas engessadas, que têm uma fórmula, saca? Ou que uma pessoa tem o direito de definir como a outra ama, goza. Também não consigo me imaginar nesses relacionamentos em que as pessoas mostram apenas parte de si, só o que convém, por insegurança ou normatividade. E diante *do que* eu tenho pra te dizer, é bom a gente falar disso logo, porque as coisas se definem ou não. Não é que um casal precise contar tudo um pro outro. Eu não preciso contar tudo pra você. Se um cara no trabalho me dá mole, por exemplo, não preciso falar pra você. Se você der uma flertadinha com a bruaca da Maria Fernanda do seu grupo de leituras pró-feminista, eu não preciso saber. Isso é você com o teu ego. Papo pro teu umbigo, punhetinha com teu pau. Mas você só vai me contar se o umbigo e teu pau saírem pro trabalho de campo, entende? Se ficar só no flertezinho, não preciso saber. Eu quero ter um relacionamento em que possa me mostrar inteira, e, se a pessoa não topar, então, é melhor saber logo e não ficar junto, sabe?

— Não tô entendendo nada... Pau, umbigo? Tá doida? Renata, você me traiu? Cacete, isso que você queria falar?

— Não, cara. Quer dizer. Não, não é isso.

— "Quer dizer" o quê, Renata? Nada de bom pode vir depois dessa frase de "quer dizer"! Me traiu ou não?

— Eu sou bi.

— Bi o quê?

— Bissexual, caceta!

— Fala baixo!

— Fala baixo por quê?

As velhas se levantam, agarradas a seus exemplares Chanel bem debaixo das subacas, passaram pela mesa de Renata, mexeram as boquinhas retorcidas em um murmúrio-maldição, viraram a cara e saíram da padaria-café.

— Vão se fudê — Renata fala pelas costas das duas.

— Renata, foco. De novo. Não entendi.

— Caralhoooow, o que você não entendeu? Tenho tesão também em mulher, porra!

— Isso eu entendi. Mas o que isso tem a ver com a gente, o que exatamente você precisava me contar?

— Eu não quero um relacionamento no qual precise camuflar aspectos meus. Se a pessoa não me conhece e não respeita o que sou por inteiro, não vale, tô fora.

— Tá, mas você já pegou mulher?

— Claro, né!

— Por que *claro*?

— Ai, Beto. Cada pergunta...

— Você já beijou mulher? Já... você sabe, colocou "as aranhas pra brigar"? *Hahahahaha*. Desculpa, é inevitável. Minha namorada é bissexual, o que não tem nada de mais *per se*. Mas me dei conta de que agora eu posso ser traído pelos dois lados. Minhas chances de ser chifrado aumentaram sensivelmente. Renata, cê quer abrir o relacionamento? Quer fazer do nosso namoro uma grande suruba? Eu não curto homem, você sa/

— Ai, Beto, que discursinho machista, vou até abstrair. Porra, claro que, se eu peguei mulher, eu beijei, caramba. E, sim, rolou mais coisa. O ponto não é esse.

— E qual é, então? — Beto perguntou e fez uma pausa breve, pensativa. Retomou: — Renata, mas como isso funciona? Já entendi que você é bi, gosta das duas coisas e talz. Tipo, você tá dizendo isso por dizer? Nunca é só por dizer — ponderou. — Ou tem mais por trás disso? O fato de você ser bi quer dizer que vai ficar com outras pessoas durante o nosso relacionamento?

— Me senti impelida a compartilhar. Olha, eu não vejo muito a questão homem e mulher, saca? Eu vejo *pessoas*. E, no momento, sou apaixonada por você e nenhuma outra *pessoa* me interessa. Tenha buceta ou pau. Então não, não tenho planos de te trair. Se você calar a boca e deixar de ser machistinha, eu vou chegar ao ponto.

— Pô, tô nada sendo machista, cara. Tu sabe que eu sou tranquilão. Não muda nada pra mim. A minha preocupação é você não ficar satisfeita em algum momento e eu rodar, sei lá… — Beto fez outra pausa pensativa, mudou o tom e começou com um sorrisinho de canto de boca: — Mô, vem cá. Me diz uma coisa?

— Hum, quê? Lá vem merda.

— Como *é*?

— Como *é* o quê?

— Cê sabe… "aquilo". — Beto fez com os dedos no ar um movimento indicando as aspas.

— "Aquilo" o quê, Beto? — Renata imitou o gesto das aspas. — Virou roteirista de *porn mom* pra falar "aquilo"? — Novamente fez o gesto com as mãos. — Cê quer dizer foder? Você sabe, pô, até parece que nunca fodeu com mulher. Foder é foder e pronto.

— Renata, é diferente. Já rolou com alguém que eu conheço?

— Que pergunta nojenta. Que indiscrição, cara. Claro que não vou te contar.

— Ué, e aquela baboseira de partilhar tudo e blá-blá-blá?

— Eu não disse isso.

— Que mal tem, vai? Sou curioso, pô.

— Tá bem, mas só vou falar porque vai que um dia rola algum comentário, e não quero você desprevenido no rolê, com cara de último a saber. Sabe a Cristina?

— Qual Cristina, minha amiga da orquestra? A que apresentou a gente?

— É. Então, já rolou com ela.

— Porra, mas a Cristina é uma *fucking* deusa. Caralho, Renata. A Cristina? Não acredito. Agora eu não sei se queria ou não saber essa porra. Acho que vou ter ciúmes. Ou pior, nunca mais vou conseguir olhar ou estar com vocês duas no mesmo lugar e NÃO imaginar.

— Nada a ver. Supera isso. Não devia ser uma questão duas pessoas que se relacionaram sexualmente. Em um futuro médio, geral vai ser bi. E essa parada de gênero vai acabar. É tudo culpa cristã, *baby*. Culpa religiosa.

— Espera. Pensando agora, acho que tô vendo vantagem nisso, hein... Será que rola, tipo, nós três?

— Beto, tipo nós três é o caralho. Já tô até arrependida desse rompante de sinceridade, essa babaquice do outro ter que entender a minha essência. Eu, hein!

— Ihhh, agora você que tá surtando. Bom, isso que você queria falar?

— Era não. Tem mais.

— Porra, tem?

— Uhum.

— Tá bom por hoje não?

— Beto, tô grávida. A gente vai ter um filho.

A TURMA DA VINTE E OITO
OU UMA HOMENAGEM À "COM AÇÚCAR, COM AFETO"

Ele diz que está indo pro bar. A desculpa é sempre a mesma:

— Vou encontrar a turma.

E a mulher:

— Mas já vai pra'quele boteco de novo? — dizia, depois calava, o pensamento seguia: "Toda semana é isso! Quero ver se eu saísse pela porta, dizendo que ia encontrar a turma naquele bar xexelento da Vinte e Oito! Ah, pois sim... Ia ser mãe relapsa, que larga os filhos, a casa, o marido. Capaz de dar até abandono de lar!".

E ela não sabe o que tem nessa turma que ele sempre volta assim, meio trôpego. Cantarolando antigos sambas-canção... E derrubando tudo o que estiver no caminho e o que não estiver também, porque coisa difícil é andar em linha reta depois de encontrar a turma. Pisa no rabo do gato, quebra decoração, larga a roupa do corpo pelo chão...

Aí, ela reclama:

— Você chegou bêbado de novo? Mas que coisa! Quando eu casei, não casei pra isso, não. Bem que minha mãe avisou!

E ele diz, com a boca mole, querendo disfarçar:

— *Shhhh*! Vai acordar as crianças! Bêbado nada. Só tomei dois chopinhos. Coisa à toa. — E dorme, e ronca...

E ela reclama que não consegue dormir. Vira para o lado, bufa, solta uns três palavrões e logo cai no sono, os pés entrelaçados.

No dia seguinte, ela acorda:

— Levanta, homem! — ordena, mas não de uma forma qualquer... Em altos brados, que é para castigar a ressaca.

E, quando não é a turma do bar da Vinte e Oito de Setembro, é a vez da turma do futebol... da turma da Escola:

— A minha Vila Isabel! — sentencia garboso.

Lá vai ele outra vez, feliz da vida, todo prosa... Só porque vai encontrar a turma, falar da partida de domingo. Fazer troça com aquele amigo esquisitão. E tirar samba da caixa de fósforos... Experimentar a fantasia da bateria, afinar o instrumento ou a canção.

E, quando ela reclama de novo, ele diz:

— Pô, mulher! Me deixa em paz... Eu trabalho a semana toda. Você pode reclamar do que for, só não reclama da turma. A turma é bacana. E, olha, a gente não faz nada de mais. Prometo que na volta eu trago aquele doce que você gosta!

E ela retruca com a mão nas cadeiras:

— Traz doce nada, do jeito que tu anda, vai trazer é jornal e pão.

EMBAIXO DOS LENÇÓIS

Marília entrou no apartamento. Janaína logo atrás. Marília fechou a porta, a porta daquele que seria o novo lar da pequena família. Largou as chaves e a bolsa no antiquado console que "adornava" a entrada — ia tratar de tirar logo aquele trambolho dali, pensou. Deixou a mochila no chão, respirou fundo, acariciou a barriga.

Por sua vez, Janaína, esta não trazia bolsas ou bagagens. Pelo menos não físicas. Entrou olhando tudo, de cima a baixo. Ouviu Marília dizer:

— Será a escolha certa, Tartaruguinha? — dirigia-se não a Janaína, mas à barriga, à criança protegida ali. Fez de novo carinho na pança grávida.

Tartaruguinha ainda não falava lá de dentro, então, foi mesmo a outra, Janaína, quem respondeu:

— É claro que não, né? Onde já seu viu!? Vir morar na Barra da Tijuca... Trocar Botafogo, o fervo, por esse apartamentinho de emergente, que precisa fazer tudo de carro? Herdou esta merda? Que alugasse! Mas vir morar no apartamento do velho com quem você nem convivia? Faz favor. "Ah, blá-blá-blá... Eu preciso de um recomeço e mimimi." — Janaína fez careta de arremedo, imitando o que Marília justificara para si e para os outros por, depois de herdar do tio distante aquele apartamento (era a única herdeira do falecido) num condomínio cheio de conveniências na Barra da Tijuca, ir morar lá. — Ai, que pobreza de espírito. Já disse, não concordo, mas quase nunca me escuta... — Janaína tagarelava indignada.

Marília tinha cara de quem não ouvia. Um arrepio passou pelo pescoço. Endireitou a postura e foi-se silenciosa à inspeção dos cômodos, as mãos nos quartos. Na décima sétima semana de gestação, Tartaruguinha era ainda pequenina, mas as mudanças velozes no corpo de Marília faziam-na a cada dia descobrir novos incômodos.

Janaína serpenteava atrás. A cara amarrada, ares de inconformada. Mudou de tática, decidiu recorrer à Tartaruguinha em vez de tentar resgatar o juízo de Marília.

— Onde já seu viu, Tartaruguinha?! Tua mãe tá é doida! Olha, quase desisti de vir com ela até aqui. Ela não me ouve muito, né? Será que você fala também daí de dentro? Porque *eu* sei que você me ouve... Num ouve, coisica da titia? — Janaína pousou a mão na barriga de Marília com tanto carinho, como através, chegando até Tartaruguinha.

Marília fez um "ui", sentiu um cambalhotar como quando, a bordo de um veículo, se passa por uma lombada e aquela cosquinha tremelica na parte de baixo do ventre. Marília mirou os olhos por através de Janaína e deu sequência à excursão. Abriu a varanda, viu ganchos de rede, o que trouxe conforto e certa alegria, ia ser gostoso ninar Tartaruguinha ali. Do vigésimo andar, Marília olhou a piscina, as quadras de esporte, jardins e parquinhos... Falou à Tartaruguinha:

— Pronto, espaço, ar live, piscina para você brincar... Longe da, enfim, longe dela. É, foi a decisão certa vir para cá. O mais que eu conseguia chegar no Rio para ter distância da... Ai, deixa pra lá.

Janaína avançava ao parapeito para espiar também e gralhava entre mirar a paisagem e buscar os olhos de Marília, querendo satisfação. Sem sucesso, Marília não retribuía, e Janaína falava sozinha e com Tartaruguinha.

— Tu tá maluca, Marília, mesmão. Diz aí, Tartaruguinha, eu entendo que tua mãe tá sofrida depois que tomou o pé na bunda da tua outra mãe, ou da quase tua outra mãe, mas vir para cá é muita loucura. Aff, odeio andar de carro, me enjoa. Aqui a gente vai precisar fazer tudo de carro. — Janaína chegou-se ao ouvido de Marília e desafiou: — Eu sei que você me escuta. Eu sei que você me escuta. — Marília estalou o pescoço, sentiu leve vertigem, saiu da varanda.

Janaína atravessou a porta da varanda, continuou no encalço de Marília. Sempre alguns passos flutuantes atrás, sorrateira. Chegaram ao quarto principal. E veio o susto.

— Bom dia, minha senhora. Qual a sua graça? — uma voz dizia debochada.

Marília abria as persianas, alheia.

Janaína tomava partido:

— Quem é você?

— Eu que pergunto, quem é você que entra na *minha* casa? Nos meus aposentos?

— Teus? A casa agora é da Marília. E eu sou Janaína.

— Sim, que é dela, eu sei. O que eu não admito é você aqui. Que alguém viria, eu já sabia. *Alguém*, mas não alguém *como* você. O velho se foi. Eu não, aqui é minha casa.

— *Sua* casa? E qual a *sua graça*, meu *senhor*?

— Sou Gilmar. E digo logo, não dá pra esta casa ter dois fantasmas. Conflito de interesses!

— Ora, veja só. Nãnãninãnão! Eu entro, você sai. A casa agora é da Marília, e eu sou *A* fantasma dela. E da Tartaruguinha!

— Tarta o quê?

— Ruguinha. Na barriga, olha pra pança e a cara de grávida bocó dela.

— Ahhh, e cadê o pai?

— Era mãe, ou quase mãe. Marília, ela tinha uma namorada. Queria ser mãe. As duas combinaram tudo, mas a outra deu pra trás depois que a inseminação pegou. Deu um pé na bunda dessa daí. Ihhh, foi um drama só. Aí, o velho morreu, ela herdou...

— É, o velho morreu. O velho tem nome, sabia? Héctor... Eu sei que Marília é a tal da sobrinha que ele nunca via e que agora ficou com tudo dele...

— É, sei mais ou menos dessa história. Nunca fui afeita a dramas de família. Essa daí quis vir MORAR aqui, acredita? Largar Botafogo...

— Eu lembro de Botafogo... Vivi lá e, bem, morr — Gilmar pigarreou. Calou.

— Se lembra, então, sabe que é um ótimo lugar para gozar a eternidade. Por que não arranja outro companheiro vivo ou morto e vaza daqui? Já falei demais contigo, hora de dar tchau. Cê já tá de saída, né? Quer ajuda nas malas? Ah, esqueci, fantasma não carrega mala, só passado mesmo.

— Eu? Nem pensar. Daqui eu não saio!

— Ah, sai...

— Não!

— Sim!

Tartaruguinha agitou-se com o falatório, e Marília sentiu um desconforto súbito. A disputa fantasmagórica foi interrompida pelos homens da mudança batendo à porta. Quando a equipe chegou, Janaína e o outro desapareceram. Não porque pudessem ser vistos *exatamente*, mas a fim de ganharem tempo e argumentos para expulsar um ao outro dali.

A mobília chegava junto com algum enxoval para o quarto de Tartaruguinha. Marília mandara ir embora todos os móveis e pertences do tio velho, exceto as coisas do escritório — e, *ainda*, o console, que precisava mandar tirar da parede. Havia livros maravilhosos na biblioteca do tio, Marília reparou quando foi fazer o reconhecimento do apartamento, logo depois do anúncio de que era a única herdeira. Héctor tinha um monte de objetos vintage, em que Marília queria pôr o olho com mais cuidado. Porém poltronas puídas, cadeira de pé roído, queria não, mandou doar tudo, contratou serviços para esvaziar os armários. Ela e Héctor eram estranhos. Conhecia o tio apenas pelas peças que ele dirigia e às quais ela ia assistir... Não por carinho ou curiosidade, porque as peças do velho eram boas mesmo, afinal!

Janaína ficou na encolha. Se instalou com Marília e Tartaruguinha na suíte master, Gilmar deu uma desaparecida. Ele vagava de noite, que Janaína ouvia. Porque dormir, Janaína não dormia, fantasmas não dormem, ficam assombrados pelas próprias lembranças e pensamentos.

Mais ou menos arrumada a casa nova, cerca de uma semana depois, Gilmar reapareceu.

— Deu, né Pluftzinha? Hora de dar tchau.

— Lá vem você. Rei morto, rei posto. Ou melhor, rainha posta. E, quando cai um rei, cabeças rolam. Teu rei caiu, você que se vá.

— Não vou nem perder tempo, não tem negociação. Agora... já que eu vou assumir a sua viva, preciso saber mais sobre ela... Vi ela meio macambúzia, pelos cantos. Mulher grávida é um saco.

— Saco é você, seu insensível, zé-mané. Ela tá grávida, tomou um pé na bunda da namorada que tinha assumido compromisso de Tartaruguinha com ela, de ter o bebê. Quando a coisa se concretizou, a cretina vazou.

— Ih, foi, né. Tu contou.

— É, fiquei pra MORRER com esse lance.

— Tu tá já morta, tonta!

— Modo de dizer, né... Aff.

— Então é por isso que eu a sinto tão abalada. Tenho até sussurrado coisas boas no ouvido dela, fiquei com pena. Fazia isso com o velho quando a doença apertava.

— COMO É QUE É? Quem você acha que é pra ficar influenciando a MINHA VIVA? Cara, deu, foi pra mim, eu e você não vai rolar. Só eu posso influenciar a minha viva e mais ninguém. Ela não vai dar conta de duas vozes na cabeça.

— Olha, você me encheu. Eu ia só atazanar e expulsar você, mas, como tu não vai, vou assombrar é ela pra ela querer se mudar daqui.

— A vida *e* a morte não te ensinaram nada, seu coisa--ruim? Vai assombrar uma mulher grávida com um recém--pé na bunda? Eu acho que até pros fantasmas é antiético assombrar crianças na barriga!

— Ué, você nunca assombrou ninguém?

— Já, mas só gente que merecia. Não bebês na barriga.

— E com ela, a viva-mãe? O que você faz?

— Ah, sussurro umas coisas *good vibes* no ouvido dela... Tento ajudar essa pobre alma. Mas também mando ela fazer coisas para me divertir quando tô entediada. — Janaína deu uma risadinha. — Mas nada de mais não. Sussurro impulsos pra ela fazer coisas meio sem sentido, depois, ela não entende por que fez, mas eu me divirto à vera! — Janaína riu de novo sapeca.

— Aí, olha os podres vindo...

A campainha tocou, interrompendo a conversa dos fantasmas. Pelo olho-mágico, Marília avistou a visita inesperada:

— De novo sem avisar — Marília resmungou, abrindo a porta.

Valéria entrou, as duas começaram a conversar, depois a discutir.

Janaína ao redor, obsediando Valéria:

— Tá fazendo o que aqui, cretina? — Janaína partiu pra cima da mulher com tanta sanha, perdeu o controle do voo, atravessou Valéria e foi parar do outro lado.

Valéria se arrepiou, esganiçou a voz. Pediu água a Marília.

Gilmar se assustou.

— Calma, Fantasma Maluquinha. Dependendo da energia que liberamos com a nossa raiva, os fenômenos de exteriorização, você sabe, eles acontecem meio sem regras. E os vivos, mais do que nos sentir com calafrios, podem até nos ver. Chamam de vulto. Certamente já rolou contigo.

— Já! A sorte é que eles são tudo otário e não acreditam em fantasma. Acham que é só impressão. — Janaína disse e pediu silêncio para ouvir a conversa das duas vivas. Acompanhava o diálogo e se fazia de comentarista: — Ah, descarada... Largou a outra e agora quer voltar. Não vou deixar Marília cair nessa, não. Vou já lá nos ouvidos dela. E, se essazinha insistir em ficar, vou infernizar até ela cair fora de novo. Marília não sabe, mas esse foi o melhor livramento que ela teve na vida. Te contar, eu já segui essa daí, ah, se sim, e o que vi não foi bom, não. Tá sempre com dívida, tira dinheiro de Marília. Coisa muito barra-pesada, sabe? Tóxica.

— Tu gosta mesmo da tua viva, hein?

Valéria foi embora. Marília caiu no sofá em prantos.

— É, sempre fui assim meio maria-mole, manteiga derretida — Janaína respondeu Gilmar sentada já no sofá ao lado de Marília, os braços ao redor de sua viva, em gesto de consolo.

— É, tô vendo. E, vem cá, como você conheceu tua viva?

— Eu tinha morrido há pouco tempo... — Agora, Janaína passava suas mãos de fantasma pelos cabelos de Marília, que ainda chorava baixinho ao sofá. — Tava vagando ainda. Tentando assimilar minha eternidade. Não me dei com outros fantasmas. Todos muito etéreos. Eu ainda tinha vida, entende?

— Ahhh, você fala cada uma! Nem parece que tá morta.

— Quer saber ou não?

— Quero!

— Pois bem, tava vagando como uma loba solitária do além e, certa feita, em Botafogo, a vi. Simpatizei com ela, segui-a um pouco. Depois, observei mais uns dias. Me afeiçoei de vez e passei a caminhar com ela. É como um pet para mim!

— HAHAAHAHAH, mas você é mesmo esquisita. Até pruma fantasma.

— Lá vem você de novo. É só eu baixar a guarda... Agora que contei, quero saber de você. E o velho, como começou a caminhar com ele?

— Me ajudou em vida. Eu era ator, e, você sabe, Héctor Barbosa, diretor de teatro.

— Ah, era? Você era de sucesso?

— Mais ou menos...

— Como assim?

— Ah, eu fiz alguns comerciais. Tá vendo esses dentes?

— Tô, dentes!

— Então, aquele comercial do jingle "É mais branco com Dentex...", lembra?

— Não, não... — Janaína fez que vasculhava a mente em busca de referências. — Lembro não.

— Então, os dentes eram meus.

— Ah, tá... Mas o velho, onde entrou?

— Ele tinha uma queda por jovens aspirantes a ator. Só que eu sou, era, bem, ainda sou hétero. Ele me pupilou para ver se eu, assim, cedia...

— Pupilou... Ah, saquei, o bom e velho assédio abusivo.

— Ei, ele me ajudou. De verdade, conquistei alguns trabalhos por causa dele. Ele não me pedia muito em troca. Acho que satisfazia ao ego dele apenas ser visto com um cara bonitão mais novo. Depois, quando o conheci, cê sabe, a pipa num subia mais.

— HAHAHAHA, que modéstia e que indiscrição. Mesmo assim, sua pipa devia voar bem, né? E aí? Cês tiveram caso?

— Não, não, ele só me ajudou. Aí, bom, deixa pra lá.

— Aí o quê?

— Aí eu morri, porra.

— Eita, morreu mesmo?

— Não, tô de sacanagem. Claro, né? Não tô aqui falando contigo no além-mundo?

— Foi mal... Se não se importa de eu perguntar...

— Morte matada. Agora quero saber como tu morreu também e o que fazia.

— Eu era dançarina do Cirque du Soleil. Rodava o mundo dançando. Mas ele veio.

— Ele quem?

— O câncer. Parei de dançar, minha mãe cuidou de mim... Deixa pra lá.

— Que barra...

— É, uma luta, mas passou, graças a Deus. Não quero falar disso. Passou, passou mesmo. Tô bem agora.

— Ô doida, tu morreu. Passou MESMO. E que Deus? Tô aqui ainda esperando vir me fazer as honras, nem pista...

— Verdade, né... Mó mistério essa parada de Deus no além-vida. Como foi essa tua morte matada?

— Por que você não ficou com a tua mãe e fica com a Marília? Ela cuidou de você. Ela tá viva ainda?

— Tá, tá sim, que Deus conserve... Ah, sei lá, me dá tristeza. Quero abraçá-la, abraço, e não sinto o corpo dela. E ela fica mais triste, sente a minha energia. Me dói. A Tartaruguinha também me sente, mas consigo me comunicar com ela, e ela comigo, fraquinho ainda, mas rola... Ora, veja, seu Gilmar ator de dentes, não foge. Morte matada de quê?

— Não digo, mas deixo você ficar mais uma noite... Só por caridade.

Gilmar desapareceu. Janaína achava que fora refugiar-se nos livros, matar a saudade do velho vivo, agora morto, dele.

* * *

Após a visita de Valéria, Marília ficou reclusa. Janaína e Gilmar deram uma trégua, observando o desenrolar dos fatos. Gilmar estava até mais interessado no bem-estar daquela viva. Quando Marília não comia bem, sussurrava coisas ao seu ouvido. De vez em quando, quase chamava o feto-vivo de Tartaruguinha, se remendava a tempo.

Passado o bode, a energia retomou o corpo prenhe de Marília, que já não só se dedicava a arrastar-se em suas atividades profissionais (era roteirista de audiovisual. No momento, contribuía para uma série nacional de sucesso num *streaming* de um famoso conglomerado de comunicação). Ouvia música, falava mais ao telefone com amigas, estava alegre. Pelo visto, de vez afastara Valéria. A casa arrumada dava gosto a Marília. Se deleitava arrumando o quarto de Tartaruguinha, aquilo a fazia imensamente feliz. Janaína sempre ao lado, cochichando a Marília melhores disposições para objetos e bugigangas com os quais a mãe ornava o canto de Tartaruga.

Num dia ensolarado de sábado, Marília decidiu despedir-se de suas pedaladas, a barriga crescendo um tico mais, a atividade seria um risco a Tartaruguinha. Marília ia era endorfinar na orla, respirar ar puro, dar um oxigênio renovado a Tartaruguinha. Janaína estava serelepe atrás de sua viva, adorava os passeios de bike. A casa ganhava agora a energia das *três*, e a modorra do velho se diluía. A Janaína faltava apenas uma coisa: aquele fantasma do Gilmar vazar, que naquela família não tinha espaço pra ele, não.

Gilmar sentiu a movimentação e saiu de entre os livros onde estivera enfiado, embalando a saudade do seu velho vivo-morto.

As duas já na porta para ir à praia, Janaína perguntou:

— Quer ir junto, não, Gilmarzinho? Pode ser tua última oportunidade. Uma despedida! Já que tu tá de partida, né? Já escolheu o rumo?

— Janaína, eu não saio. Não vou a canto nenhum. Eu fico e ficarei aqui. Pode ser que Héctor apareça.

— Ahhh, entendi por que não quer sair. Depois eu que sou apegada à minha viva. Não sabe o que perde. Essa daqui, quando não tá como tava pelos cantos, leva a gente pra passeios legais.

— Pois eu fico aqui mesmo, valeu.

— Vê lá o que vai fazer, hein, sozinho na casa! Não seja maldoso. Tá grávida ela.

— Ai, cê ama demais esses vivos. Tá apegada à matéria. Tá na hora de...

— E tu não? Eu bem que sei que tu tava enfiado nos livros do velho. Tá pensando em seguir agora a carreira de *coach* de fantasma, me dando conselhos?

— Ele tinha nome, Héctor. Faz favor de chamar por ele?

— Depois eu que amo os vivos... Se ofende só de eu coisificar o moribundo. Aliás, por que ele não ficou aqui, com você?

— Isso eu não sei responder... Estranho, né?

— Diante das circunstâncias, melhor até não estar aqui, né? A população de fantasmas por metro quadrado nesta casa já tá saturada. Fui, que a outra tá no elevador, e não quero perder a carona.

— Que carona, doida? Até parece que não flutua!

— Prefiro ir junto com ela na bicicleta. Dou umas interferidas, falo para ela observar coisas legais que eu gostava em vida, crio uma conexão, e falo com a Tartaruguinha.

— Lá vem você com esse feto-vivo. Já pensou pra onde vai vazar? O tempo tá se esgotando...

— Isso aqui é a eternidade, Gilmar, meu querido. Não tem essa de tempo, não. Não pensei nem vou pensar. Sofri muito em vida pra sofrer agora do além também. Quero relaxar. Sem horários, sem compromissos. Não quero aperreio pelo menos na minha morte. Você que se vá. Daqui não saio e eu quero ver quem vai me obrigar. Pois, tchau, enche o saco de outro.

Janaína saiu com Marília.

Gilmar pensou em segui-la para continuar a discussão, mas não cruzava o umbral do apartamento há muito tempo. Desde que Héctor adoecera pra valer. Tinha o quê? Uns três anos... Isso. Ficou por lá, na cabeceira do homem desde então. Velando aquela convalescência com real pesar pela morte iminente de seu vivo, sem nem se dar conta de: pesar de quê, se ele mesmo Gilmar já estava morto? De ficar sem o velho? Aí mesmo que ia ter mais companhia, né? Diante dessa lembrança, ficou triste e sem entender por que, depois de morto, o homem não dera as caras defuntas por ali para habitar a casa que era sua em vida por toda a eternidade. "Será que Alzheimer fica também na cabeça do fantasma?, Gilmar se questionou. "Vai ver Héctor morto e esquecido está vagando por aí. Ou está na companhia de outro fantasma?" Gilmar era sobrenatural, mas não onisciente, afinal.

Depois de tantos dias de Marília prostrada de bode em casa, quando as duas tomaram o destino da rua, se assomou a Gilmar uma melancolia, um faltar alguma coisa. Que silêncio. Estava gostando de ter companhia? Talvez fosse interessante esse negócio de vida mais alegre. E não podia negar que era bom ter a Tartaru, opa, a feto-viva. Não contara a Janaína, mas sabia que Tartaruguinha andava o ouvindo e até se comunicando fraquinho com ele. E não é que a tal da Pluft tinha lá seu charme e divertimento? Marília era uma viva legal. Ouvia boa música, as séries a que assistia eram interessantes... e mantivera (e provavelmente pretendia deixar do jeito como estava) o escritório de Héctor. "Não, não pode ser. Isto aqui é meu. E se o Héctor aparecer? Aliás, onde ele está? Seria uma ótima ocasião pra gente se reencontrar, eu contar sobre os anos que o acompanhei..." Dir-se-ia que Gilmar pensou alto, se voz de fantasma saísse; não sai, mas que pensou em voz alta, pensou. Resolveu desaparecer por um tempo, organizar aqueles sentimentos novos, porque a coisa estava estranha para o lado dele. Se refugiou nos livros do escritório.

* * *

A bicicleta de Marília era um daqueles modelos antigos, com uma caroninha atrás e cesto na frente, e Janaína adorava fingir que sentia o vento lhe tocar a cara e os cabelos. Fantasmas não sentem *fisicamente* e não têm tato. Mas o cheiro da maresia, Janaína sentia. Pois é, fantasma sente cheiro, acredita? E exala cheiro também, dependendo do que emana. Nunca teve uma avó, tia ou madrinha supersticiosa que dizia sentir cheiros aleatórios do nada? Pois bem, acontece. Estavam certas, são os fantasmas. Fora coisas estranhas que fantasma consegue plasmar, dependendo das próprias emoções ou intenções fantasmagóricas, além de influenciar as pessoas e os ambientes. Tem cada história real... A vida é mesmo um mistério, pelo visto a morte também.

Os cabelos "esvoaçantes" de Janaína estavam, em espectro, do mesmo tamanho de quando morrera. Meio falhos por causa da quimio, mas quem se importa? É que cabelo de fantasma não cresce. Fica como quando morrem. De defunto parece que sim. Unhas e cabelos parecem maiores pela decrepitude do cadáver, e Janaína teve a curiosidade mórbida uma vez de espiar o interior do próprio caixão (que Deus a livrasse de ser cremada, tinha medo de explodir, como diziam que era o derradeiro de gente que é queimada morta), e foi pra nunca mais visitas daquele tipo. Quando viu a si na caixa, entendeu o lance de que se devia deixar a terra comer a carne, a matéria. Que eca! Apesar das falhas da quimio, já vira fantasmas bem mais destroçados que ela. Era uma fantasma com tudo em cima, na carona de uma bicicletinha, com sua viva na orla da, *arre!*, Barra da Tijuca.

Ao pensar nos próprios cabelos e na Barra da Tijuca, Janaína se lembrou de Gilmar. Ele tinha longas melenas. "Como parece o Johnny Hooker, menina!", disse, dirigindo-se a Marília. Ia falar aquilo para ele quando chegasse em casa. "Quantos anos será que teria Gilmar quando morreu? E que nome prum ator, né? Será que usava outro?", catalogou que ia perguntar isso também quando o visse de novo. Então, ficou apreensiva: "Será que tinha desaparecido de novo?". Era oficial, pensava em Gilmar e estava apreciando tê-lo por perto. Mudou o rumo daquela prosa, calou e aproveitou o resto do passeio.

Marília, cansada, decidiu que já estava bom de sacolejos, e voltaram para casa. Quando chegaram, Janaína notou a ausência de Gilmar pelos cômodos. Ficou decepcionada, tinha tantas perguntas...

O companheiro morto de Janaína não apareceu por quase duas semanas. Ela, angustiada. "Será que foi embora de vez?" "Será que Héctor apareceu e levou o sósia de Johnny Hooker com ele?", Janaína cogitava e arrematava: "Bonitão era, verdade...". Entendia por que Héctor ficara na dele.

No período recolhido de Gilmar, Marília deu sequência à vida, e Janaína ficou sem brilho, pelos cantos, apagadinha aquela fantasma... Mais do que um fantasma pode ser, pensa só! A gravidez avançava, e Marília estava ainda mais ativa, mas também com a barriga pesando mais e mais. Tartaruguinha já se mexia com desenvoltura e ganhara um nomezinho, Laura. Tinha vontades, virava de lado, não deixava a mãe dormir bem e, vez ou outra, pressionava o cabeção de neném contra a barriga. Nessas horas, Janaína se deliciava. Adorava ver a barriga de Marília tomar formas esquisitas e ficava tentando adivinhar pelo tamanho se era o cabeção ou um pé... Janaína queria comentar com Gilmar a evolução de Tartaruguinha, mas ele não aparecia.

Quem avisou Janaína que Gilmar estava na área foi Laura. A cada dia, a comunicação de Janaína e Tartaruguinha estava mais clara e afiada. Então, quando Marília acordou e Janaína se chegou às duas, Laura comunicou, do jeito que se sabe lá fetos-vivos e fantasmas se comunicam, que o Hookão estava aparecido, vivinho da silva — talvez mortinho fosse mais adequado.

Quando viu Gilmar, Janaína foi tirar satisfações.

— Até que enfim. Tava onde?

— Que isso, Pluftzinha? Que cobrança...

— Não é isso... É que tô cheia de novidade. Queria te contar. Tartaruguinha tem nome.

— Mesmo?

— Sim, Laura!

— Ahhhh, que fofo.

— E tem mais.

— Tem?

— Sim, ela se mexe muito agora, dá pra ver partes do corpo e, ahhhh, a comunicação. A gente tem se falado muito.

— Nossa, demais. Eu não te contei antes, mas eu e Tartaruguinha, agora Laura, andávamos falando também.

— Jura????

— Sim.

— Ah, legal. E por onde cê teve?

— Ah, nos livros, nas histórias. Cê sabia que fantasma consegue ir pras histórias e ver de verdade as cenas, os personagens?

— MENTÍÍÍRA!

— Consegue, Jana. Ehhh, Janaína, consegue, sim. Cê nunca tentou?

— Não! Cê me leva um dia?

— Ah, a gente vê.

— Tá bem... Escuta, outro dia, aquele que fui andar de bike com Marília e você sumiu...

— Sim, que que tem?

— Então, cara, tu conhece o Johnny Hooker? Tu é *A* cara dele.

— Quem?

— Johnny Hooker, daquela música, "Caetano Veloso, Caetano Veloso... Dançar contigo me dá Caetano"... — Janaína deu uma performadinha dançante.

— Conheço não... O Caetano, conheço. Eu adorei a expressão "Me dá Caetano". Diz tanta coisa, né?

— Como não conhece? Péra, quando tu morreu?

— Tem uns sete anos.

— É, faz sentido. Mas podia conhecer da tevê, sei lá.

— Janaína, Héctor era um diretor de teatro das antigas. Ele não via *streaming* nem ouvia rádio... Ele via filme em DVD e ouvia música em CD. E, depois, veio o Alzheimer. Eu só fui saber o que era Netflix e Spotify com vocês.

— Ah, entendi. E, vem cá... Tu morreu há sete anos, cê tem cara de ter o quê, uns trinta?

— Vinte e oito. Morri com vinte e oito. Então, hoje tenho trinta e cinco com carinha de vinte e oito. — Riu maroto, piscando um olho pra Janaína.

Janaína deu uma risada, exagerada, não sabia por quê, mas se sentia, assim, meio animada, sabe?

— E literalmente, né? — comentou e riu exagerada de novo. Aproveitou o momento de descontração e ousou: — Então, cê não vai dizer como foi morto?

— Ai, essa de novo. E tu? Morreu com que idade?

— Vinte e nove.

— Ah, mais velha que eu.

— É, morri nova... Mas mais velha que você. Hoje tenho trinta e três, acompanho Marília há dois. E isso importa aqui na eternidade?

— Pois é... Loucura! Como é que pode a gente querendo pautar a vida aqui etérea com os padrões da vida viva? A coisa é completamente diferente, mas a gente fica com os padrões de lá, né? E olha que aquilo, mesmo quando a gente não morre cedo como eu e você, dura menos do que esse lance aqui de eternidade. Aliás, cê conseguiu descobrir algo mais do que essa coisa de vagar, desaparecer e aparecer, flutuar, dar uma influenciada básica nos vivibundos, falar com fetos-vivos... — Isso foi novo e estimulante para Gilmar, realmente adorara conhecer e falar com Tartaruguinha.

— Nadica descobri desta merda. Por isso que fico com Marília, é divertido.

— Mas cê já pensou quando ela morrer?

— Ué, a gente vira amigas de verdade.

— Que nem eu e o ingrato do Héctor?

— Nossa, verdade.

— Pois é... Agora conta da Tartaruga. Tá perto?

— Mais umas semanas.

— Sabe, andei pensando... Se você quiser ficar aqui pra ver Tartaruga nascer, tudo bem...

— Oi, Gilmar? É sério? Você SOME e vem com essa merda de eu ir embora de novo? Eu já te disse que não vou. Nossa, você me decepcionou. E eu indo, tu ia cuidar delas? Ia nada, seu ingrato, só quer ficar nos livros. A primeira impressão é de fato a real sobre alguém. Achei que podia confiar em você...

— Confiar como, Pluft? Eu sempre deixei claro que somos concorrentes.

— Concorrentes? Aff... — Janaína sumiu. Foi refugiar-se na master. Não sumiu totalmente desta vez, Marília estava numa fase em que precisava dela por perto. Quase na reta final. Não ia se distanciar agora.

Nessa época de estremecimentos entre Janaína e Gilmar, era Tartaruguinha que se fazia de leva e traz. Soprava umas coisas aos dois e tentava apaziguar. Inclusive, foi Laura quem sugerira a Gilmar uma possibilidade de reconciliação: levar Janaína pruma aventura dentro dos livros.

Gilmar achou genial. Cada dia se afeiçoava mais a Tartaruguinha Laura. E, verdade seja dita, por Marília. Gilmar entendia por que Janaína se juntara, se importava e até admirava Marília. Ela era uma viva beeeem da bacana.

Gilmar manifestou-se na suíte master. Janaína quase o despachou, mas ele lhe pediu que ouvisse, ela ia gostar. Fez o convite. Ela disse que ia, mas dependia do livro. Marcaram no dia seguinte de analisar os livros no escritório e escolher a história que iam visitar. Janaína ainda estava meio de mal, mas ficou feliz com aquele movimento.

Na existência física, a barriga de Marília chegava a trinta e duas semanas.

No dia seguinte, Janaína estava lá, ao escritório. Tinha cheiro bom. Pois é, os fantasmas, você sabe, já contei, eles exalam, dependendo das emoções e intenções. Janaína exalava jasmim.

Ficaram olhando as prateleiras... Janaína queria uma história de gangster. Gilmar já fora a uma e achara violento demais. Sugeria uma mais romântica. Que tal uma de amor e final feliz?

— Tá, gosto dessa ideia. Pelo menos ver final feliz dos outros, porque parece que a minha vida não teve exatamente um final feliz, né?

Gilmar riu, mas contrapôs:

— E quem disse que a gente não pode ser feliz depois da morte? — Havia um olhar sugestivo e doce em Gilmar. Janaína notou, mas ele se recompôs, não queria dar bandeira. — Vamos à história, então?

— Partiu!

Deram as mãos e pularam no livro.

* * *

Quando estavam de volta da aventura literária, riam e comentavam trechos da história. Foi então que Gilmar olhou para Janaína e soltou:

— Janaína, eu tenho uma coisa para te dizer.

— Diz aí, Fantasmão.

— Dançar contigo me dá Caetano...

Os dois se beijaram. Existe amor embaixo dos lençóis!

* * *

Depois da primeira aventura no livro, Janaína e Gilmar fizeram muitas outras excursões literárias, se renderam e firmaram o romance. Para que resistir? Já foram infelizes em vida. Na morte, pelo menos, quando apaixonado, que mal aproveitar? É melhor ainda. Não se precisa de dinheiro, não se tem filhos. Quer dizer, Tartaruguinha estava para chegar, mas as provisões físicas de Tartaruguinha não estavam a cargo deles, eram de Marília. Tal perspectiva permitiu aos dois apreciaram bastante aquele fim de gravidez de Marília.

Gilmar ainda se negava a sair. Não mais por receio de Héctor voltar e não o encontrar ali para o receber, acostumou-se, sabe? Distanciou-se do mundo vivo e ficou com uma espécie de medo do "desconhecido". E ele tinha ali o que precisava agora: Janaína, Laura e Marília. E tinha os livros. Aliás, visitava o mundo pelos livros, e era MUITO mais legal nos livros. Além de não ser nada verdade, né? No mundo vivo, a vida era real, dura e dava até em assassinato, como acontecera com a vida dele. Se definia como um fantasma caseiro.

Janaína sabia que era trauma da morte matada. Gilmar tinha medo dos vivos. Pelo menos da maioria. Ela respeitava, sabia que, na hora em que estivesse pronto, Gilmar iria superar e voltar a viver a vida lá fora.

Por outro lado, a hora de Marília se aproximava a cada dia. Faltava pouco para Laura chegar... Até que, então, no dia 30 de outubro, à meia-noite, a bolsa rompeu.

Marília já tinha tudo pronto, foi o tempo de chamar um carro de aplicativo e passar a mão na mala da maternidade.

Se Janaína ia?

— Óbvio, Gilmar! Esperei quarenta semanas por isso. E você vai junto.

— Vou não, Jana. Não me sinto bem lá fora.

— Ah, Gilmar, pensa melhor. Vai perder esse momento? De ver ao vivo Tartaruga?

— Não sei, Jana. Vai você na frente.

— Vai decidindo aí, qualquer coisa, tu flutua para lá depois.

O carro chegou. Marília estava com Janaína dentro do elevador em movimento quando Gilmar se manifestou.

— Eu sabia, eu sabia que você viria! — Janaína comemorou e abraçou o companheiro morto.

Marília soltou um grunhido baixo. Eram as contrações começando. Os dois ficaram sussurrando no ouvido dela palavras de afeto, acalmando-a, dizendo que ela não estava sozinha. Também falavam de amor à Tartaruguinha, que sentiam estar bem, apenas vivenciando a ruptura com os mundos pré-vida que se tem ao nascer.

Seguiram no carro, chegaram ao hospital.

Por todo o tempo em que Marília foi atendida até a chegada de Laura e ainda depois, Janaína e Gilmar estiveram ao lado dela, vigilantes. Era uma vantagem fantasma não ter sono. Tartaruga varou a madrugada naquele trabalho de parto.

Quando Laura nasceu, nos braços da mãe, cruzou os olhares com Janaína e Gilmar, seus pais fantasmas, e Tartaruga sabia. Rodeada pelo trio, tinha o semblante tranquilo, calmo, ao lado da mãe e de seus dois mortos queridos.

No dia seguinte, aportaram em casa, agora, com Tartaruguinha. A família estava completa.

SASHA

Sasha nasceu e cresceu em Santa Cruz da Serra, Baixada Fluminense. Quando tinha doze anos, a mãe fez a inscrição de Sasha para a seleção da Escola Estadual de Dança Maria Olenewa, integrada ao Theatro Municipal do Rio de Janeiro. A professora de ballet do Centro Comunitário, onde eram ministradas aulas artísticas para as crianças da região, via em Sasha potencial e convenceu a mãe a fazer a tentativa. Era uma enorme oportunidade frequentar aquela escola.

— Vai deixar Sasha aqui neste lugar que não tem oportunidades pra gente feito a gente? Faz a inscrição... Lá outras portas se abrem, outros mundos, gente mais parecida com Sasha e eu — foi taxativa Yvone, a tia do ballet.

A Olenewa forma expoentes bailarinas e bailarinos brasileiros. Além disso, muitos seguem carreira no próprio Corpo de Baile do Municipal depois de concluída a escola preliminar. Fazem o curso profissionalizante e se submetem à admissão no Corpo de Baile, alguns se tornam professores da casa. De todo modo, alunas e alunos ganham projeção no circuito, o diploma vale internacionalmente, e, não raro, chegam a dançar na Europa.

A mãe inscreveu na seleção. Sasha passou.

* * *

Sasha nunca fora ao Centro da cidade do Rio antes da prova de admissão. Admirou-se com os edifícios, com o VLT, os camelôs, as igrejas... Ao conhecer o Municipal, então, susteve o ar tamanho arrebatamento (os candidatos eram convidados aos bastidores e ao palco do Theatro, mesmo as aulas não sendo realizadas propriamente nas instalações históricas, mas num edifício anexo).

Quando soube da aprovação, Sasha mal se conteve. A mãe ficou emocionada. Yvone via como se fosse seu o futuro de Sasha. Ela não tivera a oportunidade. Orgulhou-se por extensão, pensava: Quando a fama chegasse, e havia de chegar, Sasha iria se referir à mestra das primeiras aulas de ballet como sua grande incentivadora, dando entrevistas pelo mundo.

* * *

Começaram as aulas na Olenewa. E, para Sasha, era mesmo um pouco como Yvone tinha falado. Ou *quase*. Havia alguns meninos também "afeminados", como costumavam se referir a Sasha familiares, professores e funcionários do colégio municipal em que estudava. "E ainda fazendo ballet!?", salientavam os mais preconceituosos.

Afeminado, um eufemismo para não se lidar com o fato de que, sim, Sasha tinha características consideradas mais "de menina" do que as que se "espera" de um menino. Era uma gente intolerante, e estão por toda parte, ainda que ocultos.

Os meninos do colégio o chamavam mesmo é de "via-dinho", "menino-menina"... Havia *bullying*, mas a mãe e algumas funcionárias e funcionários aliados serviam de pelotão, se faziam de front e conseguiam conter, mais ou menos, a situação e dar a Sasha uma vivência *quase* pacífica e até feliz na escola.

Desde que passou a frequentar a Olenewa, de fato, outros mundos se abriram. Sasha fez amigos, conheceu pessoas gays, teve aulas com homens bailarinos héteros ou não. E era *quase* como Yvone falara. *Quase*. Havia as "Misses", como Sasha e os amigos chamavam as meninas (e meninos, mais raros, é verdade) de classe *alta*, que faziam aula também na escola, porque, apesar de pública, é referência na dança brasileira. Iam de motorista, vestiam sempre marca gringa. Tinham celulares de última geração, usavam redes sociais como celebridades, ostentavam viagens e faziam festinhas entre si para as quais não convidavam Sasha nem sua patota à margem. Com as Misses, lidava nas disputas por superioridade técnica entre os dois grupos.

Ekaterina, o mais próximo que a Olenewa tinha de realeza, era uma das Misses com quem Sasha menos se dava e a mais esnobe entre todas elas. Bisneta de expoente e lendário pintor brasileiro de ascendência russa, Ekaterina Volochkova era herdeira de espólios e de *status* esticado. Recebia maior atenção dos professores em geral, andava com o séquito particular de Misses seguindo seu rastro e, vez ou outra, preparava alguma para Sasha. Escondia sapatilhas, cortava figurino de Sasha e de alunas rivais às escondidas em noite de apresentação de alunos, fazia circular cartas anônimas; pequenas peças que, na escola, eram "inofensivas", mas que são comuns no circuito do ballet e perpetradas, inclusive, de forma até criminosa, por bailarinas e bailarinos adultos como práticas de sabotagem a rivais de palco. Casos assim eram contados e recontadas pelos alunos. Lenda urbana? Talvez, fato é que, de vez em quando, situações misteriosas aconteciam, assim como acidentes estranhos com bailarinas e bailarinos lá mesmo no Municipal.

Das "privilegiadas", Sasha convivia com uma ou outra não popular que aderia ao grupo dos menos favorecidos, como Vivian, amiga que acompanhou Sasha nos anos iniciais e pela vida.

No geral, era a Zona Sul para lá e Zona Geral para cá, como eles denominavam, entre si, o grupo dos abastados e "bem-nascidos" dos alunos Zona Norte, suburbanos, periféricos ou minorizados.

O talento artístico de Sasha se desenvolvia ano a ano. Apesar das comezinhas, da grande pressão das aulas e da exigência de professores. Havia mestres muito duros, que não levavam em conta o fato de lidarem com crianças e adolescentes. Ali se formavam os melhores artistas, oras, quem não aguentasse não merecia estar lá, não há lugar no ballet para os fracos.

É claro que não era fácil para Sasha e a mãe (solo) manterem a jornada entre o trabalho de Júlia, o colégio de Sasha e as aulas na Olenewa. Mas a vida foi indo. Exausta, entretanto cheia de esperança. Um futuro promissor como bailarino se delineava a Sasha.

Cosmogonia de Sasha

O nome Sasha foi Júlia quem lhe deu; era fã da Xuxa e quis imitar sua ídola da infância, que deu à filha o nome de Sasha — um apelido russo, na verdade, para Alexandra ou Alexander, porém, utilizado em alguns países como primeiro nome. Dar o nome Sasha ao filho parecia até um impulso previdente do amor materno. Como se quisesse oferecer uma aporrinhação a menos no futuro dando-lhe um nome que, embora mais associado a meninas, não causava *tanto* espanto, apenas estranhamento, em um menino. E — Júlia se pegava pensando às vezes na coincidência curiosa disso — Sasha soava mais neutro em relação a Cecílias, Laras e Vitórias, opções à moda na época em que ficara grávida e igualmente cogitadas pelo gosto materno.

O progenitor de Sasha se evadiu mal recebera a notícia da gravidez. Pai e mãe de Júlia a acolheram com o feto no ventre, apesar do constrangimento velado e a despeito de conhecerem as dificuldades que uma criança de pai ausente traria para a filha e para todo o núcleo familiar. Júlia trancou a faculdade de Pedagogia. Depois voltava... Arranjou emprego de recepcionista numa clínica odontológica em Duque de Caxias. Assim seguiram Júlia e Sasha, morando no andar de cima do sobradinho dos avós.

Quando o filho contava três anos, a mãe já sabia que Sasha não era como os demais meninos aparentados ou da vizinhança. Ela se lembrava bem da primeira vez em que Sasha assistiu a um filme de princesas. Para a mãe, ali, Sasha entendeu a própria essência.

O menino convivia com a primalhada na casa da avó Maria, que estava sempre às voltas com crianças enquanto os pais dos netos e netas trabalhavam. Virgínia, uma das primas sob os cuidados da matriarca, embora tivesse a mesma idade de Sasha, era coberta de carinhos e muito mimada. Chorava por tudo a desgraçadinha. Certa feita, a avó resolveu colocar um filme para entretenimento da pequena, para distrair a menininha chorona. Era um filme de princesas da Disney, cheio de cantorias, animais falantes, danças de baile...

Virgínia pouco notou o que na tela se passava, ficava para lá e para cá, catando cacarecos do quintal e juntando em um montinho no canto da sala. Sasha não. O coração de Sasha ainda dispara ao recordar aquele dia na infância, quando viu a princesa do filme em nuvens de glitter, camadas de tule, cabelos vaporosos coroados por tiaras e gestos delicadodançantes. É que, naquele dia, *ele* fez sentido. Vendo o filme, entendeu que não queria *ser como* aquela princesa, *era* aquela princesa. E, mais, concluiu, ali, que era muito mais princesa do que a prima Virgínia. Só não compreendia onde estavam todos os seus adereços e por que estava preso naquele corpo de menino, nuns shorts azuis de estampa de tubarão, cabelo rapado e chinelas Havaianas.

* * *

O tempo passou, e os modos do menino incomodavam a família. Ele gostava de imitar as princesas dos filmes, aderia mais às brincadeiras das primas, gostava de criar fantasias (sempre associadas a personagens femininas), tinha interesse pelas roupas da mãe e da avó, surrupiava as posses das primas e as usava escondido. Quando era repreendido pelo avô Vicente ou outro familiar, murchava. Durava pouco, a inocência de criança vencia. Para Sasha, eram só coisas de brincar que o deixavam mais feliz, *mais* Sasha.

A mãe, sempre à dianteira, não se dobrava às críticas e blindava Sasha como podia, ganhando tempo para que crescesse e pudessem juntos entender com o que e como lidar. Júlia sabia que aceitar o filho independentemente das escolhas que ele fizesse o manteria mais protegido. Se não pudesse ser o que era em casa, arranjaria um jeito de ser Sasha em outro lugar e estaria mais vulnerável. Aquela era uma batalha deles dois, juntos. Seria sempre o Sasha dela.

De coligada, Júlia tinha uma irmã, que, apesar de lésbica, permanecera solteira pelas aparências e mantinha uma vida dupla, tentando ser feliz com o "finge que não sei" dos pais e familiares. Era Patrícia, "madrinha" de Sasha. Entre aspas porque não foram criadas no catolicismo. Maria era da umbanda. Já a religião de Vicente era o reacionarismo mesmo e somente. Júlia não tinha crença no batismo cristão. Portanto, fez-se um churrasco de comemoração quando

Sasha tinha sete meses e elegera-se Patrícia e o primo delas, Gustavo, como padrinhos.

Aliás, o batismo era motivo de polêmica em certa ala da família. A avó de Júlia, dona Justina, uma senhora de oitenta e nove anos, esta, sim, católica de conveniência, criticava a postura da neta. Perguntava quando Júlia ia cortar o cabelo daquele menino, ralhava com ele quando o via brincar de bonecas. Negava doces, enquanto aos outros mimava, até que Sasha deixasse de lado alguma brincadeira "que não era de menino". Criticava as unhas de Sasha que, vez ou outra, apareciam pintadas quando a vizinha manicure ia à casa da avó e presenteava as meninas — e Sasha — com os dedinhos em cores alegres: amarelo, azul, verde e preto no *halloween*! Para a bisavó, tinha que batizar o menino, e logo. Tudo *aquilo* era falta de batismo.

As vezes em que a velha falava de batismo eram as únicas em que Maria levantava a voz para defender algo relacionado à postura do neto e à de Júlia, e, na verdade, nem era para acastelar a filha ou Sasha. Dava um chega pra lá na sogra, em nome da própria crença, e dizia: "Batizar pra que se a gente aqui é tudo macumbeiro? Eu, hein!".

Justina insistia: mesmo assim! Ela também dava lá os pulos dela no terreiro e nem por isso as crianças da casa deixavam de ser batizadas, que esse era o certo a se fazer.

Júlia ignorava a avó. Nem se dava ao trabalho de contrariar. Justina falava, Júlia fingia que prestava a atenção, o olhar por através da velha, fazendo ouvidos de mercador. Defendia o direito de Sasha de ser criança. Pronto, o gênero dele é este, criança, dizia para si quando pensava nos desafios que teriam de enfrentar pela vida. Não gastava saliva com quem não ia mudar. Justina sempre fora preconceituosa e esnobe, mesmo não tendo onde cair dura. Então, que a terra comesse aquela hipocrisia toda quando chegasse a hora, que não ia ser Júlia a dar conta mais disso, não.

Vieram os anos, tudo se acentuou. Sasha queria bonecas, a mãe e a madrinha davam. Sasha queria roupas coloridas, a mãe assentia. Sasha queria no Carnaval fantasias "de menina", Patrícia se incumbia da indumentária. Até a hora em que os familiares preferiram não lidar de forma direta com o que se apresentava e começaram a classificar Sasha como *afeminado*. Não tinha mais jeito, diziam. Filho que cresce sem pai... Culpa daquela mãe sem pulso. Influência da tia "degenerada". A mãe, apesar da pressão social e familiar, era cônscia e não pensava como eles. Ela e a irmã conversavam muito sobre Sasha e tinham o mesmo entendimento: Sasha é Sasha. Não importa o que escolher da vida, nos terá ao lado.

Com seis anos, Sasha quis fazer ballet no Centro Comunitário local. Virgininha e Clarinha, outra prima, faziam, por que ele não? Vicente se opôs. Júlia saiu pela tangente ao ser confrontada por Vicente sobre aquele "absurdo" e disse, enquanto piscava um olho maroto e discreto a Sasha, que ballet não, mas que matriculava na dança moderna. Sasha entendeu a mensagem. O avô amainou e aceitou contrariado; dança até podia, exercício, mas que não passasse disto, para não fazer vergonha à família.

A mãe matriculou Sasha no ballet. E não ia ela fazer a vontade do filho? Claro que ia! Que se fodesse o que pensavam! Foi quando conheceram Yvone, e a vida ganhou outros sentidos para Júlia, Sasha e até para Patrícia.

Yvone

Yvone se identificava como uma pessoa não binária, utilizava para si o pronome feminino e garantira na Justiça o direito a seu nome social. O corpo esguio e musculoso que a dança esculpira contava uns quarenta anos. Como não passara pelo processo de redesignação sexual e nem por tratamentos hormonais, mantinha as características que performam um corpo social de homem, mas as roupas eram associadas à figura feminina. Porém nem sempre. Por onde passava, deixava atrás de si uma atmosfera de enigma, e, claro, de incômodo na turba.

As pessoas, acostumadas a verem o mundo como uma coisa *ou* outra, sem nuances, sem possibilidades intermediárias, não sabiam lidar com o que *era* Yvone, ficavam atordoadas. Eram tiradas da zona de conforto. O que *era* aquele corpo? *Era* uma mulher? Um homem? Tentavam encaixar Yvone em padrões pelos quais Yvone não tinha interesse. Dessa parte, Yvone gostava, a de causar nas gentes essa espécie de labirintite frente a seu corpo social ocupando os espaços, resistindo, vivendo, amando e gozando. Ah, e, um adendo: Yvone era lésbica, casada com uma mulher cis. Um prato feito para dar nó na cabeça dos desavisados.

Portanto, assim, como Sasha era Sasha, Yvone era Yvone. Única, unique. É claro que pagara por toda a vida caro por isso, preconceito, violência, objetificação e fetichização de seu corpo, estupro; a existência é dura para as pessoas que ousam desafiar as normas, ainda mais para as minorizadas e periféricas.

Após o primeiro dia de aula com Yvone, Sasha chegou em casa e ficou rondando a mãe. Percebendo a atitude de Sasha, Júlia perguntou o que a criança tinha.

— Mãe, você conheceu a tia Yvone, né? Ela é menino ou menina?

— Filho, ela não é um nem outro. Ela é uma pessoa que se identifica como não binária, nem menino, nem menina. Ela não se identifica com nenhum gênero *exatamente*. Você entende o que eu falo? — Júlia achou demais naquele momento entrar em questões da transexualidade de Yvone e achou que simplificar seria um caminho primeiro para a ocasião. Não se sentia apta a dar mais detalhes, então, foi como pôde.

— Sim, eu entendo. Acho que eu sou isso, mamãe, não bi*rânio*.

Júlia riu da troca de sílabas e corrigiu carinhosa:

— É não bi*ná*rio, Sasha. E você pode ser o que você quiser, que eu vou sempre estar contigo. — Júlia virou-se logo aos afazeres, incrédula de que acabara de ter uma conversa daquela profundidade com uma criança de seis anos. Quis esconder também as lágrimas, mas não de tristeza, de orgulho de Sasha, que conseguia, àquela idade, entender mais a si mesmo do que muitas pessoas durante toda uma vida.

Contando para Patrícia o diálogo, ela e Júlia respiraram fundo e concluíram: a luta vai ser dura, mas nós vamos.

— Estou com vocês, minha irmã — assegurou Patrícia.

Das aulas aos palcos do Municipal

Claro que, no Ensino Médio, a mecânica no colégio piorou para Sasha. Os meninos mais velhos eram um risco maior. Naquele ponto, por precisão e urgência prática, Sasha aprendera a se defender e a evitar conflitos, a saber que batalhas escolher, a se camuflar quando houvesse risco de integridade física — sim, uma lição desde cedo, estava vulnerável à violência e ao preconceito mais do que os outros adolescentes que nasceram homens, mas que, diferentemente de Sasha, performavam a *masculinidade*. Ajudava ter um porte atlético moldado pelas aulas de ballet e ser, apesar de esguio, mais forte do que os demais. Assim, os incidentes de intolerância não tiveram muito vulto até certa idade.

Até Sasha completar dezessete anos, ele e a mãe moraram com os avós em Santa Cruz da Serra. Depois, Júlia, que conseguira concluir a faculdade de Pedagogia com o crescer de sua cria, recebeu uma pequena promoção na escola em que trabalhava e alugou uma quitinete no Bairro de Fátima. Ficava mais fácil para a rotina de Sasha na Olenewa, na qual agora fazia curso técnico e não mais o preliminar. Faltavam ainda alguns anos para Sasha se formar no profissionalizante. Depois, poderia concorrer às fileiras do corpo fixo, tentar as audições para o coro de bailarinos, galgar a posição entre os corifeus, virar solista e, o grande sonho, primeiro bailarino do Theatro Municipal.

Sasha saíra da periferia para habitar um lugar mais central da cidade. Estava que não se continha com as possibilidades aumentadas de passeios, festas (por que não? Cheio de hormônio e vontade de vida...). No entanto, essa fase era um pavor para a mãe. Enquanto tinha o filho grudado à barra das saias, conseguia mal a mal blindar Sasha do *bullying*, dos parentes intolerantes, do preconceito das ruas, da violência física e sexual a que os corpos divergentes estão expostos nesse mundo de sem Deus. Sasha saindo para a vida era entregar pros céus, confiar na educação que ela mesma dera e estar sempre ali, disposta a acolher.

Entre aulas e treinos intensos todos os dias, Sasha evoluía artisticamente. Era um jovem maduro para a idade e disciplinado. Recebia elogios de professores, tinha o afeto de uns e a indiferença de outros. Havia professores que zelavam por ele, outros que não, mas nenhuma perseguição explícita. As diferenças sociais com os alunos de maior poder aquisitivo continuaram, mas Sasha tinha amigos dentro e fora da Olenewa.

É óbvio que na Olenewa não predominava a aura pastel e esvoaçante dos tutus dos palcos. Havia disputa de forças sorrateiras em embate constante na instituição, tensionadas ao máximo e prestes a faiscar, por detrás da aparente atmosfera de ordem e tolerância da academia de ballet. Tudo ia de acordo com o maior ou menor progressismo da gestão da escola à ocasião e à do próprio Theatro Municipal. Dificuldades e disputas não chegavam com clareza ou consequências graves aos alunos. Ao Corpo de Baile do Theatro principalmente, mas, na Olenewa, o mal-estar dos mandos e desmandos de quem estava no poder atingia apenas professores e pais mais engajados. Júlia estava entre eles, atenta e pronta a tomar partido, garantir o espaço dela e de Sasha ali e no mundo.

Sasha e Ekaterina se tornavam a cada ano mais rivais. E, o pior, eventualmente, eram escalados como par nos *pas de deux* nas apresentações especiais da escola. Nessas ocasiões, se suportavam. Porém sabiam que a colaboração era fundamental e trabalhavam juntos. Na dupla de baile, um depende do outro. O desempenho de um está sujeito à colaboração do outro. É preciso sintonia, conhecer o parceiro. E isso quer dizer conhecer o bom e o ruim do parceiro, afinal, é preciso prever passos, entender como o outro conduz seus movimentos. E quem melhor para conhecer alguém assim tão intimamente como um rival? Um rival observa seu desafeto de perto, acompanha os gestos, tenta prever-lhe os pensamentos. A rivalidade é uma relação simbiótica, de amor e ódio, admiração e despeito. No ballet, nem sempre se tem a consciência, mas os rivais estão do mesmo lado. Assim era a relação de Sasha e Ekaterina em seus *pas de deux*. Se Osipova e Hallberg, que nem sequer falavam a mesma língua quando começaram a dançar como par, deram conta... Sasha e Ekaterina também dariam. De mais a mais, bailarinos estão acostumados ao desconforto, estão sempre com uma dor aqui, outra ali. Nunca ilesos, e isso molda não só o corpo, mas o temperamento.

Chegada a maioridade, Sasha vivia a turbulência remanescente dos anos de adolescência, ao passo que a entrada na vida de jovem adulto trazia desafios. Se identificava como uma pessoa não binária, usava para si ainda o pronome masculino, mas não se via como totalmente homem *ou* totalmente mulher. Tinha um estilo de se vestir que ora performava com o que a sociedade diz tender para o feminino, ora para o masculino. Por vezes, tinha a passabilidade de mulher, às vezes, reconheciam-no como do sexo masculino. Ele se sentia somente Sasha.

No círculo da dança, as pessoas pareciam mais abertas à diversidade e, claro, desde sempre, e mais ainda nesta fase da vida, Sasha se juntara a colegas dentro e fora da Olenewa que vinham de famílias progressistas ou eram corpos dissidentes.

Ser Sasha, até o momento, "servia" convenientemente à carreira no ballet. Certa androginia, e Sasha percebia por instinto e pelas impressões que lhe chegavam da dinâmica e do ambiente da academia, era vista com bons olhos, mas apenas aos bailarinos. Às bailarinas não. Calhava aos rapazes corpo torneado, musculoso na medida, não muito. Convinha aos bailarinos aparentar ao público a sensação de leveza de movimentos, mas não muito. Afinal, aquilo não era uma ópera, era um ballet, dizia um dos professores catedráticos a algum aluno que chegasse com a barba mais malfeita a uma das lições.

Não obstante, a androginia não se faz suficiente para garantir papéis de personagens femininas no ballet clássico. Bailarinos fazem personagens masculinos; bailarinas, personagens femininas, não é preciso explicar muito, sabe-se. Até porque, no ballet, o treinamento de dança de meninos é feito de uma forma; o das meninas, de outra. Há diferenças intrínsecas à natureza tradicional do ballet entre homens e mulheres. A começar pelas sapatilhas de ponta rígida. Ainda, os homens performam saltos e giros mais atléticos, cabe a eles levantar e carregar as mulheres. Elas dançam mais na ponta dos pés — técnica iniciada na tenra formação.

Isso foi algo que causou estranhamento em Sasha em relação às aulas de Yvone, em que todos eram ensinados da mesma maneira. Mesmo assim, seguiu em casa treinando os pés em pontas elevadas e, quando se sentiu preparado e as colegas de turma da Olenewa começaram a conquistar a honraria, aderira, de forma privada, às sapatilhas de ponta — adquiridas com o patrocínio de Patrícia. Apesar disso, a diferença no treinamento não trazia desconforto significativo a Sasha, pois não tinha certeza de como se identificava. Era mais a continuação das lições de Yvone que ele reproduzia, para não perder o hábito do corpo, e agora com o prazer das pontas.

Acontece que Sasha ainda não entendia muito bem a si, seus sentimentos. A adolescência já é um tateio para quem é normativo, imagina para uma pessoa como Sasha. Para ter a dimensão de como Sasha se sentia sobre si, seu sexo, gênero, orientação sexual e afetiva, só sendo Sasha. A mãe era a que mais se aproximava, depois, a madrinha. Mesmo Júlia, tendo cultivado nas entranhas aquela carne sua amada, só conseguia oferecer empatia, entendimento, acolhimento e apoio incondicional — uma sorte a Sasha, quantas pessoas nunca tiveram ou terão apoio nem sequer das mães? Júlia projetava o que se passava no coração do filho, mas não alcançava o imo, e olha que ali havia profundeza. O fundo de Sasha era belo, cheio de vida e esperança, mas podia ser também bastante solitário, obscuro.

Tomava Sasha uma necessidade profunda de ser aceito. E isso mexia com a sua autoestima. Costumava ser mais benevolente com os amigos para não os contrariar. Evitava confrontos para não perder a simpatia das pessoas e conquistar aprovação. Tinha muitas inseguranças e, por vezes, a mãe o tirava de um estado de melancolia no qual Sasha se embrenhava com bastante facilidade.

Portanto, a vida não era só feita da experiência relativamente amena da escola de ballet, longe disso. Os anos não transcorreram sem sobressaltos. Não se passa pela experiência de ser um corpo dissidente impunemente. A sociedade não deixa. E Sasha teve, sim, seu quinhão de dor, desilusão e violência.

Houve uma fase complicada, em que Sasha usava aplicativos para marcar encontros. Na época, já havia transado com meninos e meninas. A incerteza sobre si fazia a vida amorosa uma experiência labiríntica. Recorria aos aplicativos em busca de pessoas com as quais se identificasse. Começou a sair com homens mais velhos, se meteu em situações de risco. A mãe observou a movimentação, Sasha se tornara errático, as coisas não caminhavam bem.

Júlia conseguiu que ele iniciasse terapia com uma psicóloga de um projeto social universitário para tentar encontrar a própria expressão. Foi um ano difícil aquele, mas, aos poucos, acalmou.

Quando tinha dezenove anos, Sasha caiu em depressão profunda. Quase perdeu a vaga na Olenewa. Com o apoio da mãe, de Patrícia e da Direção da escola, à época mais empática e engajada com o bem-estar dos alunos e que bancou consultas com um psiquiatra e os remédios controlados, Sasha se restabeleceu. Retomou a rotina.

Foi também nesse mesmo período que Sasha teve a primeira paixão arrebatadora não correspondida. Outro aluno da escola de ballet. E foi duro, porque o desafeto o repeliu e ainda arranjou um jeito de expor Sasha, que quase recaiu em depressão. Patrícia veio passar uma temporada com os dois no Bairro de Fátima, Yvone se achegou mais, ofereceu suporte como pôde. E isso também passou.

Uns três meses depois, quando Sasha voltava para casa de uma festa na Lapa com os amigos e com Vivian, foi seguido por um grupo, que o insultou com termos homofóbicos e depois os emboscou. Bateram tanto, tanto que Sasha precisou implantar três dentes.

Na noite em que chegou em casa debaixo de surra, escorado por Vivian, que levou um soco no olho tentando defender Sasha, o coração de Júlia não bombeou por fração de segundos. Júlia tremia por inteiro: de tristeza por terem feito isso, pela dor física que sentia no próprio corpo, de felicidade por Sasha viver, de ódio da porra da sociedade de merda machista, de medo, porque, infelizmente, a realidade era aquilo, e eventos piores podiam acontecer a um corpo como o de Sasha todos os dias, a todo momento, sempre. Patrícia tomou a frente e lidou com a situação àquela noite.

Daí em diante, passaram a tomar precauções extras quando Sasha saía à noite sem as duas. Se preciso, Patrícia ia ela mesma buscar Sasha à porta de qualquer lugar, e voltavam para casa. Mas Sasha adultecia, e não seria possível fazer isso até ter trinta anos, oras. Acostumaram-se ao sobressalto.

Ocorre que esses episódios ensinaram e fizeram amadurecer Sasha. Ganhou independência e certa sagacidade, útil em algumas situações. Não a todas. Nunca o é.

Quando Sasha completou vinte e três anos, a mãe achou que era suficiente período para ter a cria debaixo da asa vinte e quatro horas por dia e foi com Patrícia morar avizinhada. Sasha ficou com a quitinete antes habitada pela dupla. Nessa época, tinha já se classificado ao Corpo de Baile do Municipal como corista. Era adulto e profissional.

* * *

A carreira de Sasha como bailarino no Corpo do Municipal ia ganhando força. Temporada a temporada, conquistava participações mais expressivas. Era mais complicado manter a jornada de ensaios na instituição e os treinos de ponta em casa, já que, no tempo livre, precisava ensaiar em reforço as coreografias dos espetáculos para os quais se preparava — e sempre como personagens homens do coro. No entanto, dava conta.

Continuava sendo conveniente à profissão a androginia, e um talhe mais *ambíguo* associado à performance do ballet era bem-vindo, então, Sasha não encontrava, até então, exatamente problemas complexos dentro da companhia. Havia outros bailarinos que, como ele, não eram normativos — e até bailarinas, mas esse era um tabu. As bailarinas lésbicas ou não, quando transgrediam um pouco que fosse o estereótipo da feminilidade, costumavam ser colocadas na geladeira, eram rechaçadas, atazanadas, até que se dessem por vencidas e fossem embora. "Uma bailarina no palco é como uma navalha na mão de um barbeiro, deve ser precisa e firme, mas deve ter a leveza de uma pluma ao vento", dizia uma das diretoras do Corpo de Baile.

Nos palcos, Sasha performava como homem, correspondia às expectativas do ofício e ao *status quo*. Socialmente, aos vinte e quatro anos, ainda se identificava como uma pessoa não binária, mas já não usava o pronome masculino.

Sasha usar o pronome feminino gerava desconforto a membros "tradicionais" da companhia. Havia, sim, certo embaralhamento nas relações sociais ali dentro, causado pelos preconceitos explícitos ou de vieses inconscientes. Por vezes, quando professores erravam o seu pronome ou quando o chamavam por *ele* de propósito, Sasha fingia não escutar, relevava. Do contrário, ia passar o dia corrigindo alguém e queria escalar na carreira, não convinha criar desavenças, pelo menos não por ora, enquanto era peixe pequeno.

Fora a confusão de mente e peito sobre si, tudo caminhava relativamente bem na vida de Sasha. Amava a profissão como membro do Corpo de Baile, estava sempre que possível entre os mimos e carinhos de Júlia e Patrícia... Havia ainda a convivência estreita com Yvone e Joana, visitas frequentes na casa de Júlia e Patrícia. A dança preenchia praticamente toda a existência e o tempo de Sasha. Porém havia brechas para encontrar os amigos, descolar umas paqueras, dar uns beijos e uns algo a mais. Nada sério. Apesar da ainda indefinição de Sasha sobre sua identidade, no íntimo, cada vez mais Sasha fazia sentido para si, se enxergava mais como *a* Sasha. Sasha sentia que *era* mulher.

E foi mais ou menos nessa época que o golpe veio: o câncer de mama de Júlia. A luta foi dura, mas curta. Em um ano, a doença se espalhou e levou Júlia de Sasha.

Perder a mãe é desamparo em estado bruto, é ver sumir, nunca se sabe por quanto tempo, a pertença ao mundo, é descolar-se, descompassar, vagar no vácuo. É margear o impossível e absurdo — paradoxal, afinal, que certeza maior se não a da morte de si e do outro? Nenhum adulto está pronto para a morte da mãe, nem mesmo aqueles cujas mães são criaturas tóxicas ou os abandonaram. E quem o diz mente. Até os que odeiam as mães sentem uma solidão absoluta e irreparável ao saber que não compartilham mais o mesmo universo físico com elas. Pode-se fingir naturalizar? Pode-se!

Pode-se "acostumar-se" à ideia, pode-se dissimular, pode-se guardar debaixo do tapete para sofrer depois — ou nunca, há pessoas para as quais viver um luto materno representaria a própria morte. Então, elas seguem, sem confrontar o apagar da luz da primeira morada, seja do ventre ou do calor dos braços da mãe que acolhe em adoção... Quando uma mãe morre, a criança adormecida em nós é desperta em pesadelo. Nada nos lança à vulnerabilidade psíquica e física infantil como a morte de uma mãe. Emoções e sentimentos, conscientes e obscuros, memórias, de carinho, medo e até horror, caladas pela mente, mas guardadas no inconsciente no corpo, medos adicionados ao terror de novos temores... tudo vem. É enxurrada de escombros, arrasta tudo. A coluvião passa, a água baixa, e a vida pode até se encarregar, dar aspecto salutar aparente e de certa ordem, dar rumo, mas nada nunca é como antes.

Não foi diferente a Sasha. Perdeu não só sua *mamãe*, lugar de amor incondicional, mas aquela que foi sua fortaleza, que a olhou e a enxergou sem reservas, e a acolheu. Parece óbvio para uma mãe, mas não. Nem toda mãe.

A partida de Júlia levou Sasha a um estado profundo de introspecção, luto e sofrimento. Se afastou dos amigos, não de Patrícia, com quem estreitou ainda mais os laços, a vivência à margem que partilhavam dava às duas uma cumplicidade intuitiva. No trabalho, Sasha passou a cumprir de forma protocolar as atividades profissionais. Eram muitos destroços para juntar. Demorou a organizar as emoções.

Se luto queima, o fogo é capaz de transformar. Sasha e Patrícia saíram mais fortes. Seis meses depois da morte de Júlia, estavam prontas para revolucionar suas vidas.

Estimulada por Sasha, Patrícia assumira seu relacionamento com Marta, com quem namorava às escondidas há mais de dez anos. Marta passara a morar com Patrícia. Na dinâmica das três, uma era a família da outra, afinal, nem Patrícia nem Sasha tinham mais contato com os familiares de Santa Cruz da Serra.

Já para Sasha, a morte precoce de Júlia mostrara que a vida era uma só e que ser covarde nunca fora uma opção para pessoas como elas. Era um dever enfrentar o mundo, ocupar, abrir espaço para os que viessem depois. Ia começar a transição. Sasha não era somente uma pessoa não binária. Sasha era uma mulher trans. Deu início nos trâmites para o processo de transição.

A Sasha

Um novo ano chegou, e com ele o anúncio da concepção de um espetáculo arrojado, que prometia dar um quê de ares renovados às produções do Theatro. Tratava-se da de uma nova versão de *Macunaíma*, concebida para o corpo de música e de baile do Municipal. Apesar de uma obra tradicional brasileira, a proposta era explorar diversas linguagens e propor inovações, incluindo oportunidade a profissionais mais novos do Corpo de Baile na composição do elenco principal.

Bailarinas e bailarinos do coro teriam a chance de atuar como solistas, e audições especiais seriam realizadas internamente.

Sasha partilhou sua decisão de transicionar com poucos amigos além de Vivian, Patrícia, Marta e Yvone. Não é que tivesse dúvida ou quisesse esconder, só acreditava que era uma escolha que competia somente a ela, e que dar satisfações era, mais uma vez, esperar aprovação. E, nesse ponto da vida, ela não precisava.

Sasha completou vinte e sete anos no dia em que começou oficialmente a transição de gênero com a hormonização feminizante.

* * *

As inscrições para as audições abriram. Com todos os últimos acontecimentos, Sasha estava mais consciente e combativa por seu lugar e espaço, então, pretendia se candidatar a papéis masculinos e femininos. A Secretaria não quis aceitar a inscrição de Sasha para o grupo de solistas femininas. "Contra o regulamento!", a encarregada disse. Sasha peitou. A questão chegou à Direção rapidamente e, mais rápido ainda, à curadoria do espetáculo e ao patrocinador, que disse que aceitassem, sim, a candidatura de Sasha, com receio de que aquilo pudesse repercutir na mídia e comprometer o espetáculo.

Uma pequena vitória para Sasha, simbólica, pelo motivo errado, mas pelo menos aconteceu. No entanto, havia uma disputa ainda maior a ser vencida, essa, sim, bem mais complicada: a seleção. Não por incapacidade técnica de Sasha ou insegurança sobre sua dança, que transitava, por méritos próprios de treinos duplos, nos dois estilos, o dos homens e o das pontas altas das mulheres. Sasha se garantia. Porém iam *permitir* que ela, uma mulher trans, interpretasse uma mulher no ballet?

As audições chegaram e, óbvio, foi um momento conturbado, de tensões ainda mais à flor da pele de todos os lados, muita fofoca... A seleção dos homens acabou primeiro, e Sasha garantira seu papel, uma das representações de Macunaíma.

Já na escolha das solistas femininas, complicações. Algumas bailarinas ficaram indignadas e não escondiam a insatisfação. Ameaçaram sabotar o processo, não comparecer às etapas. Mas elas seriam as principais prejudicadas por ficarem fora do espetáculo e se submeterem a contragosto, fazendo de tudo para atrapalhar Sasha, que avançava nas seletivas.

Eram principalmente as Misses que lideravam os rumores e comentários maldosos: "Vai fazer agora papéis femininos também nos ballets de repertório?" "Vai mesmo ser a Ci com aquele membro enorme debaixo do tutu?" "Como tu sabe que é enorme?" "Ué, basta ver na malha." "Olha ela, manja-rola. Num vai dizer que tu tem tesão em Sasha, Ekaterina? Que nojo!" "Ai, sai pra lá, Ingrid, Deus me livre dessa coisa." "E pesa mais que nós... é homem! Não tem nossa leveza.", eram daí para baixo os diálogos das Misses...

Para a banca examinadora não estava sendo fácil. Era pressionada pela curadoria e pelos patrocinadores, a Direção marcava em cima, e ainda eram hostilizados de forma velada, disfarçada, em nome do decoro, mas eles passavam, e os cochichos os acompanhavam. Ficava dia a dia mais difícil esconder que, sim, de forma incrível e surpreendente, Sasha era capaz de performar com primor nas duas categorias e que, inclusive, tinha superioridade técnica em relação a bailarinas concorrentes.

Como era de se esperar, Sasha não foi selecionada para um papel de solo feminino. A banca finalmente deliberou e *achou* que o corpo de Sasha não era delicado o suficiente para estar no elenco feminino... Além disso, já tinha papel no grupo de solistas homens. "Que ficasse satisfeito com esta conquista", disse um mestre da banca.

— SatisfeitA, senhor Mackenzie! Eu sou uma mulher trans.

— Até mais, Sasha. Boa sorte no espetáculo para você, meu rapaz.

Sasha virou os olhos, suspirou, olhou para baixo. Que porra de luta! Pelo menos estava classificada para um dos papéis de Macunaíma. Contentou-se, afinal, desde o princípio da seleção, sabia que as chances eram poucas de ser escolhida para solista de personagem feminino. No entanto, que foi um avanço, foi. Mexeu com as estruturas da instituição e de todos: professores, funcionários, Corpo de Baile. O Theatro Municipal não seria o mesmo depois da atitude de Sasha. De um jeito ou de outro, as coisas estavam em marcha de mudança.

* * *

Os ensaios de *Macunaíma* começaram, e, durante os três primeiros meses, foi vida normal para Sasha... Depois, os hormônios fazendo efeito, as características físicas de Sasha foram dia a dia tomando feições mais femininas. As pessoas percebiam, e ela passou a falar abertamente sobre o processo de transição. Alguns amigos acolheram Sasha. Outros, mesmo não normativos, a criticaram. Até uma amiga travesti que Sasha conhecia de coletivos LGBTQIA+ disse que Sasha estava no caminho errado. Sasha não se importou. Tinha certeza.

Isso tudo foi até fácil de lidar. O problema mesmo foi dentro do Corpo de Baile sobre o lugar que Sasha ocupava na companhia, ou deveria ocupar, ou passaria a ocupar como profissional do ballet. Ainda em como seria Sasha na estreia de *Macunaíma* no papel de uma das reproduções do herói representante da fundação da nação. Perguntavam à boca pequena: "Como vai dançar? Vai fazer com esses peitos enormes?" "Quem vai aguentar carregar essa... essa... essa *criatura* nas coreografias suspensas?", alguns componentes do corpo de baile debochavam. Foi um *quiprocó*.

Apesar da proposta diversa e inclusiva do ballet *Macunaíma*, a polêmica ganhou vulto, principalmente impulsionada por alunos e professores mais conservadores. A Direção tentava colocar panos quentes, havia pressão dos autores do espetáculo por uma posição mais progressista dos dirigentes do Municipal, que também sabiam precisar lidar de forma muito cuidadosa, afinal, aquela montagem atrairia mídia e, se a abordagem desaguasse para a questão de Sasha versus conservadorismo da instituição e do meio do ballet, ia ser um pandemônio. Havia ainda a fiscalização do patrocinador do espetáculo... Era muita gente envolvida e interesses dissonantes.

E, olha que ironia, para não dizer contradição: se antes Sasha não servia como solista em uma personagem feminina por não ser assim *tão delicada como* uma mulher, agora também não havia espaço para ela como solista homem justamente por começar a se assemelhar fisicamente ainda mais a uma mulher. Estava puta da vida Sasha com aquilo tudo, já no limite!

Sasha foi chamada a conversar com a Direção. Propuseram a ela uma saída *alternativa*, um convênio com uma instituição estrangeira de ballet na Europa por um ano, com tudo pago. Sasha achou aquilo um acinte. Perdeu as estribeiras, falou meia dúzia de verdades na reunião e acabou suspensa por quatro meses, justamente o tempo necessário para o espetáculo estrear e ela estar de fora. Gean, um amigo até próximo de Sasha, assumira como suplente o papel. Sasha ficou de certa forma feliz pelo amigo, embora aquela projeção significasse para ela a própria exclusão.

Foi para casa naquele dia desolada. Patrícia e Marta, que sabiam do sonho de Sasha, tentaram convencê-la a desculpar-se e aceitar a bolsa no estrangeiro. Sasha brigou ali com as duas. Era só o que lhe faltava, não ter nem o apoio das tias... Que lhe fizessem o favor de sair da casa dela, que com elas também não queria papo. Falou demais, ofendeu Patrícia, dizendo que, se ela queria ficar no armário a maior parte da vida, que aquela fora uma opção dela. Mas que Sasha não.

Foi Vivan quem amparou Sasha àquela ocasião. Ela não fora classificada para o elenco de *Macunaíma*, ficara em terceiro lugar para representar Ci. Ekaterina garantira a posição, e, como suplente, Ingrid, outra das Misses abastada. Depois da negativa, Vivian tocou a vida pr'outros rumos e estava aguardando o resultado da admissão em uma companhia da Noruega. Pouco ligou, mas ficou feliz de Sasha ter garantido uma posição.

Os ensaios continuaram, e Sasha suspensa. Se afundou em filmes e seriados. Durante uma semana, não abriu as cortinas de casa. Não colocou o nariz na rua. Comeu todas as porcarias que podia e que lhe eram restritas para não ganhar peso e manter o perfil atlético. Não atendeu às ligações de Patrícia, que, dia sim, dia também, baixava na portaria de Sasha querendo subir. Sasha não deixava, nem sequer atendia ao interfone. Era Vivan quem, além de abastecer Sasha de comida — saudável, porra, Sasha!, dizia. Não importava, Sasha se encarregava de pedir suas guloseimas por delivery de todo modo — dava notícias da afilhada a Patrícia.

Numa sexta-feira, Sasha acordou e achou que bastava. Ia dar a volta por cima. Ainda suspensa, sem receber o salário, recorreu a Yvone, perguntando se lá no Centro Comunitário de Santa Cruz da Serra haveria espaço para ela ministrar aulas. Não tinha, mas Yvone cedeu horas do próprio contrato para que Sasha se pusesse em atividade e recebesse algum dinheiro até que a situação se ajustasse definitivamente. As coisas iam se ajustar, Yvone acalmava a pupila.

Por um par de meses, Sasha foi duas vezes por semana a Santa Cruz da Serra dar aulas a crianças da região. Num desses dias, notou a avó Maria de espreita, observando as lições. Não quis assunto. Fingiu que não conhecia.

Foi aí que a Deus *ex machina* entrou em cena. O que precisa fazer sentido é a ficção, não a realidade. Acontece que Ekaterina e Ingrid, unha e carne desde pequenas, partiram a Angra dos Reis em uma viagem de bota-fora com amigos na ilha particular dos Volochkova, afinal, depois da estreia, iam precisar ficar abstêmias, comer ainda mais como passarinho e dormir cedo para manter a performance.

No dia em que chegaram, as duas, a bordo de um jet-ski, foram atropeladas por uma lancha. Como consequência, Ekaterina fora submetida a uma cirurgia que lhe deixaria fora dos palcos por, pelo menos, seis meses. No caso de Ingrid, a situação foi pior, e ela corria o risco de não recuperar os movimentos de uma das pernas.

Sasha ficou sabendo do acontecido, sinceramente lamentou pela rival, a quem ela e Vivian chamavam carinhosamente de "Eka", mas não quis se deixar envolver, doía bastante o afastamento do Municipal.

* * *

Faltava apenas um mês para a estreia de *Macunaíma*, e a Direção do Municipal estava sem rumo com a perda da solista e da suplente de Ci ao mesmo tempo. A pressão da produção e do patrocinador era imensa. O espetáculo não poderia ser adiado, isso impactaria em toda a programação anual do Theatro, e, ainda, a montagem corria o risco de ser adiada, adiada, adiada, adiada, até a hora em que fosse cancelada de vez.

Fizeram o convite para Vivian assumir o lugar como Ci, cobrindo Ekaterina e Ingrid. Porém Vivian estava de malas prontas para a Noruega, fora admitida na companhia de seus sonhos. Veio dela a sugestão à Direção de chamar Sasha para o papel de Ci. Bem no íntimo, Vivian jamais teria soprado a qualquer pessoa essa possibilidade se não estivesse de pé no embarque. Ela mesma não estando no páreo, favorecer à amiga era a opção e a benfeitoria que daria certa satisfação a seu ego. Isso, ela jamais assumiria para ninguém.

Foi um dia de cão aquele em que Sasha, depois de chegar em casa suada e exaurida por conta das longas horas no transporte público que a trazia de Santa Cruz da Serra ao Bairro de Fátima, leu o e-mail da Direção, chamando-a para conversar.

Depois de deliberarem dirigentes do Theatro, autores, produtores, mandachuvas dos mais diversos e ainda a comitiva do patrocinador, chegaram à conclusão de que aquele movimento era a única opção e que poderia trazer até “boa mídia”, divulgação positiva, atrair público. Apesar dos protestos da ala tradicionalista das instituições, o Municipal recorreria a Sasha para fazer papel de Ci.

Sasha compareceu à reunião. Fizeram a proposta. Disseram que, se Sasha aceitasse, teria de recomeçar os ensaios no dia seguinte, afinal, faltavam contados vinte e oito dias para a estreia. Se Sasha tinha decorados a sequência, os movimentos e as deixas de Ci?, perguntaram. Sim, tinha.

Haja informação a assimilar, e Sasha pediu um tempo para pensar, para avaliar e dar a resposta. A Direção reclamou. Não dava para esperar. Sasha retrucou: E tinham escolha? Precisavam dela, não precisavam? Queria pensar, oras.

Lhe deram vinte e quatro horas para decidir. No fundo, talvez motivados por uma pontinha bem fátua de culpa burguesa por terem afastado compulsoriamente Sasha. Mas mantiveram a empáfia e disseram que sim, fariam a *concessão* e a *gentileza* de esperar as vinte e quatro horas, e nada mais.

Quando Sasha se deu por si, já estava na Cinelândia, em frente ao Amarelinho. Atordoada, decidiu se sentar para respirar. Aquilo estava mesmo acontecendo? Mandou um áudio por WhatsApp para Vivian, relatando tudo, enquanto pedia um chope. Bebia pouco, mas precisava de alguma coisa pra digerir aquilo. Os garçons, que a conheciam, até estranharam o movimento pelo chope. Perguntavam se estava tudo bem. Estava? Não estava, ora!, pensou. Sim, estava! Ela ia voltar aos palcos. Se queria? Muito! Mas aquele era o jeito *certo* de conquistar seu espaço? Na correria, no tapa-buraco?

Diante das novidades e reviravoltas, que Vivian relatou a Patrícia assim que acabara de ouvir o áudio de Sasha, a madrinha ligou para a afilhada. Sasha atendeu.

— Foi Vivian quem te contou, né?, aquela muquirana!

— Foi, filha. Diz aí o papo.

Sasha contou tudo a Patrícia. Precisava dos conselhos dela.

Patrícia disse que, se Sasha não aceitasse, ela que esquecesse que tinha tia-dinda. Que Patrícia mesmo ia se encarregar de apagar Sasha da vida dela. Dizia brincando, mas sabia que a questão era séria, e que Sasha passasse lá para conversarem melhor.

Sasha foi para a casa das tias, que a receberam com alegria, afeto e mimos. A fala de Marta foi determinante para a decisão de Sasha.

— Que se foda! A gente vai entrar entrando mesmo. Não só vão nos engolir, como vão pedir pra engolir a gente. Taí, é o que tá acontecendo, caralho! Eles precisam de você. Quer forra melhor?

A frase em si não teve exatamente nada de mais, nem trouxe rebuscada reflexão filosófica. Foi o palavrão. É que Marta nunca falava um palavrão. E se usou um — um não, dois! — naquele momento, era caso de extrema precisão.

Sasha tomou, então, sua decisão.

No dia seguinte, estava de volta aos bastidores do Municipal, ensaiando. A maratona preparatória foi mais extenuante do que o normal. O tempo era curto, e ainda houve correria para ajustar o figurino a Sasha. No fim, tudo ocorreu a tempo... E o dia da estreia chegou.

O Theatro Municipal do Rio de Janeiro estava lotado. Não tinha um banco sobrando pra bunda alguma mais se aboletar. Havia expectativa e imprensa. Havia frio na barriga de Sasha. Muito.

As cortinas se abriram, luzes se acenderam, o espetáculo começou. Quando chegou a hora de Sasha ser Ci e ela entrou no palco, um relâmpago iluminou a noite lá fora, depois, o grande trovão!

Da plateia, Patrícia e Marta assistiram emocionadas à Sasha brilhar como Ci.

Sasha jura que entre as cadeiras do Theatro Municipal viu Júlia aplaudindo de pé a performance de Sasha como Ci.

Epílogo

Mesmo sendo este um "final feliz", não é um "felizes para sempre". Foi só o começo de outras muitas lutas que Sasha teve de travar por espaço e respeito na sua trajetória de bailarine do Theatro Municipal. Não acabou. Nem a luta dela nem a de muitas, muitos e muites Sashas que estão por aí, todos os dias, buscando o direito de viver como querem suas vidas, driblando e denunciando violências, sendo achacades, mas resistindo, tentando garantir à unha o direito de ser Sasha. A batalha está em andamento.

DESILUSÕES E DRAMAS

A LEI DO NEWTON

Enquanto esperava, pensava: semana passada, ele me disse assim, quando nos encontramos ou desencontramos:

— Saudade tua, por completo, eu sinto há bastante tempo, mas acho que me manter afastado é menos prejudicial.

Não respondi.

Ali na calçada do Leme, estendi a mão para o táxi com aquele sentimento inicial de "puxa, ele sente saudades". Mas, depois, dissecando aquela frase em mil outras, cheguei a mil e tantas mais conclusões. Tantas infinitas a ponto de dar a volta e não chegar a nenhuma.

E, depois de embarcar, enquanto dizia para o taxista a direção que tomaríamos, "Anil, por favor", aos poucos, mantinha meu corpo físico dentro daquele táxi, mas plasmava uma presença ausente feita da rua e de seus caminhos, das múltiplas versões possíveis daquela frase cabalística e de mil pensamentos aleatórios, daqueles que estão em incessante trabalho dentro das nossas mentes. Bem-vindos ao meu cérebro!

"Tua, por completo. Essas unhas estão descascando. P O R C O M P L E T O. Não, taxista, por aí não. Vai, vai, o sinal vai fechar. Eita, não posso esquecer de comprar leite amanhã. Saudade tua. Por completo. Há muito tempo. Tempo.

Tua. Mas, porra, saudade é palavra que só existe no plural? SAUDADES ADES ADES? Ou *saudade* mesmo? Não sabe nem falar certo, que dirá sentir! Espera, aprendi isso no colégio, e será que tá certo mesmo? Todo mundo escreve saudade sem plural. Acho que tá errado. Vai ver quem não sabe o que é saudade sou eu. E ciúmes, também é assim? Vai saber, saudade e ciúme são sentimentos tão *incontáveis* que não têm singular nem plural. *Saudades*, do grego, sei lá o quê... Não, porra! Não tem *saudade* do grego, idiota! Dizem que só existe uma palavra pra designar esse sentimento e em português. Tenho que cancelar aquele *streaming*... Saudade tua por completo. Será que 'saudade tua, por completo' é saudade minha? Eu bem sei do que tenho saudade. Será que essa 'saudade tua', que diz ser minha por completo, quer dizer que sente falta por completo e isso, deva-se grifar, é apenas para ressaltar que sente saudade minha (sem plural) da amizade, da pessoa? Ou o 'saudade tua' quis dizer: saudade minha, do sexo, do cheiro, do amor, da mulher? 'Saudade tua' pra reforçar que sente saudade da minha pessoa? Ou saudade da minha PESSOA?"

De repente, a inércia (Primeira Lei de Newton — é o cérebro me escapando) me leva para frente. Estamos no Anil, Rua Isaac Newton. Paro o diálogo mudo e falo em voz alta ao motorista:

— Moço, quanto deu a corrida? Pode ficar com o troco e não esqueça: "Um corpo só permanece em movimento se estiver atuando sobre ele uma força".

PELA ORELHA DE VAN GOGH

Eu não tenho raiva de você. Eu tenho raiva de mim por ter te deixado partilhar dos barulhinhos da minha cafeteira, às seis horas da manhã, enquanto, em sinfonia, tocava, de cinco em cinco minutos, o alarme do meu celular no modo soneca (mania minha, aquele som transmitindo a segurança, garantindo que não se vai perder a hora, mas eu sempre perco. Atos falhos... O alarme soa, eu ignoro... E perco a hora, perco a deixa. Faço isso também na vida. Veja só, fiz com você. O alarme avisou, e eu não pulei fora).

Eu não tenho raiva de você. Eu tenho raiva de mim por ter aceitado o nada que me dava e ter me contentado com essa relação ridícula que você tem com você e com o mundo ao seu redor. E, principalmente, essa relação *ridícula* que você tem comigo.

Eu não tenho raiva de você. Eu tenho raiva daquele teu pé de meia único que ficou lá em casa. Faltando um lado. Devia ter encarado isso como um sinal. Pé de meia único, assim a nossa relação... Eu e meu pé de meia único. Você levava o seu pé de meia, e eu ficava lá, com meio par.

Eu não tenho raiva de você. Eu tenho raiva de mim por ter achado graça quando você disse que não conhecia a

Juliette Binoche. E mais, quando citei: "A Juliette Binoche, de *Chocolat*" — assim, com sotaque em língua estrangeira. Você balançou a cabeça negativamente. E eu achei bonitinho, na minha crença *naïf* de que as pessoas não precisam necessariamente gostar das mesmas coisas, terem passado pelas mesmas experiências, terem lido os mesmos livros ou visto os mesmos filmes para serem um O grande amor do outro, ou dividirem parte da vida e certas paixões. Tola! A verdade é que eu não posso dormir e acordar com alguém que não conheça a Juliette Binoche, muito menos que não tenha visto *Chocolat*, aliás, *Chocolate* todo mundo viu. Como assim você não viu esse filme? Essa deveria ter sido a minha resposta na hora, entre recolher pelada uma ou outra roupa pelo chão, vestindo meio sutiã em fuga ligeira. Mas eu ri e achei até certo charme.

Eu não tenho raiva de você. Eu tenho raiva de mim por ter deixado você reclamar dos péssimos lugares que consegui naquele dia em que comprei os dois últimos ingressos da sessão de cinema, pr'aquele filme no Odeon. Que, inclusive, eu já tinha visto...

Eu não tenho raiva de você. Eu tenho raiva de mim por não ter feito um barraco quando, naquela viagem a Búzios, toda vez antes de eu terminar o café da manhã, você se levantava e ia à recepção do hotel checar seus e-mails — sim, a gente checava e-mails ainda no computador e não no celular. Talvez fosse menos ofensivo enfiar a cara no smartphone. Vai saber.

Eu não tenho raiva de você. Eu tenho raiva de mim quando me lembro daquele dia na piscina, em que o seu papo egocêntrico era o mais chato de todos os papos que eu já travei no mundo, e eu pensei: "Que merda, eu namoro com esse cara, me fodi". Que nem na noite anterior, na mesma beirada da piscina, quando você falava das suas grandes aventuras profissionais e como você era bom e como o seu pau era grande e bla-blá-blá.

Eu não tenho raiva de você. Eu tenho raiva de mim por não ter dito enquanto eu podia que existe algo mais na vida para você fazer do que adorar o grande deus Seu Umbigo.

Eu não tenho raiva de você, eu tenho raiva de mim por ter te levado aos meus lugares preferidos, por ter tentado — em vão — fazer você entender a poesia transcendental que existe em Gil, Caetano, Chico...

Eu não tenho raiva de você, eu tenho raiva de mim por simplesmente não ter quebrado o prato na sua cabeça quando, depois de duas horas cozinhando para você, você engolia a porra da comida olhando prum episódio de *Two and a half men*.

Eu não tenho raiva de você, eu tenho raiva de mim por ter me deixado por tanto tempo ser a mulherzinha pacífica, que se movimenta o mínimo para não incomodar, pra ser aceita.

Eu não tenho raiva de você, eu tenho raiva de mim, por não ter soltado, quando tive vontade, aquela bela gargalhada ao constatar que você de fato *sabia* que foi Van Gogh quem cortou a própria orelha.

Eu não tenho raiva de você, eu tenho raiva de mim por não ter te dado um dicionário por cada vez que você olhava de cara feia quando eu pronunciava uma palavra nova, do meu tão "vasto" e "erudito" vocabulário de carioca.

Eu não tenho raiva de você, eu tenho raiva de mim por ter aceitado por tanto tempo essa tua miopia amorosa.

NUMA QUITINETE NA GLÓRIA, ESPERO O RIVOTRIL FAZER EFEITO

Tem uma obra no vizinho; enche minha cabeça de confusão e minha casa de poeira. Poeirinha, quase imperceptível, fina, áspera, intragável, de azulejo ou de concreto. Não sei. Só sei que se entranha em todas as superfícies e cantos e ranhuras: móveis, chão, paredes, nos cabelos, que ficam ásperos (que curioso, nos temos em tão grande conta, mas somos também simples superfícies, como as coisas. Talvez tenhamos um pouco mais de autonomia, porém seguimos superfícies).

Agendas abertas, cheias de compromissos, ao próximo folhear, lembrarão a merda da obra, essa poeira onipresente, que se agarra aos pés descalços e aos humores. Poeirinhas, que lembram com o que tentamos lidar a todo momento em nossas vidas, incrustadas onde vemos e não vemos: a gente, o outro, as demandas, exigências, medos, anseios, expectativas, obrigações. Ficamos — na casa e na vida — tentando conter o incapaz de ser contido, controlar o que não (se) pode e não quer ser controlado.

O barulho da Makita recomeça.

Ranjo os dentes, meu corpo experimenta pequenas ondas de tremor, como impulsos elétricos. Arrepios que começam na espinha e chegam ao peito curto-circuitando em tremeliques. Lá fazem combustão e liberam-se em uma respiração profunda e breve. Ela me contém, me contenho. Tudo dura quatro segundos, são como sismos fracos, que não são catástrofe, mas sempre podem se tornar quando, descuidados, deixamos de lado salamaleques dissimulados e a vazão vem de tomada. Eles não desistem nunca! Aquietam convenientemente, ficam pelas beiradas, vão aos poucos. Continuam à espreita, uma simples baixa de guarda e transbordam, podem me dominar de vez. Eu não deixo. Não por ora, *not today, Satan*. Mas até quando?

Embalada pela minha trilha sonora infernal de Makita, penso nas contas que chegam, na mensalidade da escola, na grana do material escolar. A criança que quer fazer natação. A despesa extra, a perenidade do tempo. Afinal, de que vale essa merda toda a me descabelar se tudo vira pó, hoje de noite, amanhã ou um pouco mais pra frente? Ah, sim, a sorte da velhice, a solidão, a decrepitude do corpo e das ideias. Seres caducos, passados, validade vencida. Morrer é pior do que ficar?, mas o prêmio de consolação da velhice também é de amargar. Escolha entre esta merda muito merda e esta merda aqui apenas merda mesmo.

A Makita para e volta em seguida. Ainda penso nas coisas que vão bem, mas que estão sempre sob a ameaça do revés, do momento em que não vão mais estar.

Tem um caroço no peito. Será que é câncer?

No trabalho há uma incerteza. No casamento, uma palavra não dita.

A desilusão que mata aos poucos: o mundo não tem mais jeito, só o caos, e, do lado, uma esperança fraquinha, perseverante, quase apagada, mas ainda lume. É, caminham lado a lado. Ahhh... e que sorte a nossa por ainda termos isso. Que sorte?

A eterna dicotomia entre a vivência pequena, íntima, das comezinhas domésticas, e a vivência grande, do mundo. Ambas nos causam terror e espanto, igualmente. É, não sejamos hipócritas. É bobagem dar juízo de valor ao que tem mais peso, é mais importante... se a nossa história ou a nossa História. Somos indivíduos, dói o que vai dentro assim como o que vem de fora, às vezes mais o de dentro até, e isso não nos faz *exatamente* egoístas, apenas humanos. Faz? Deus me livre a alheidade, olhar só pro dentro. E Deus me livre de olhar só pro fora, com medo de encarar o que vai dentro. A verdade é que ninguém é capaz de olhar pro fora, lançar-se ao fora, sem antes vasculhar-se. Ainda que não agrade o que se vê, que nem tudo esteja bem resolvido, é somente chafurdando as próprias entranhas, no reconhecimento de que se é frágil e forte ao mesmo tempo, que podemos nos lançar à nossa história ou à História, às causas da História, da nossa história? A verdade pode ser muitas, mas o certo é o certo. E, no fundo, bem lá no fundo, na essência, todo mundo sabe o que é O Certo. O certo é o certo mesmo? Fui longe. É o remédio começando a fazer efeito.

O barulho da Makita recomeça. O sismo vem.

A pele que me contém, que demarca em matéria e simbolicamente aquilo que sou — uma vida que anda por aí, se posiciona, existe, resiste? —, pressiona para se desmarginar a todo momento. Meu insumo quer sair dos meus contornos, quer extravasar. Ah, o puro suco de mim. Só eu sei o gosto... Essa graça da desgraça, essa vontade solta de rir. É o remédio? Contenho. Me contenho? Devo? E até quando?

Olho pela janela, não vejo sequer um pedaço de céu da minha quitinete na Glória, apenas outras janelas... Não vejo a baía, não recebo a brisa direta que girou o mundo, só um ventinho comprimido por aquele portal colonizador aberto em 1502. Às vezes, um cheiro de maresia me dá certa esperança e sinto alguma vida... Logo morro ao constatar que as vidas nas janelas à frente são tão infelizes quanto a minha, ou felizes. E talvez pior se forem mais felizes.

Olho o relógio e avalio quanto tempo ainda falta pras gotinhas do Rivotril amenizarem por completo essa inquietude — um alívio pelo menos durante algumas horas — que é a angústia da vida moderna: aberta, brilhante, opressora, cheia de possibilidades, insaciável, devoradora, devastadora, que não informa a medida certa entre antídoto e veneno, a dose é sempre uma aposta.

Enfim o efeito do remédio, a sensação de suspensão... Encosto um pouco aqui a cabeça... Só um cado... Só... Por favor, me contenha, por favor, me desmarginize logo, nos tire dessa beira de quase lá, de quase doidos, de quase mortos, de quase nada, de quase poderia ser tudo, de quase exaustos, de quase realizados, de quase exitosos, de quase felizes, quase infelizes, de quase, de quase, de quase, quas

SÍNDROME DO "EU TRABALHO PRA C@R@LHO", UMA TESE DE SOPHIA LANGE, MÃE E ACADÊMICA DE SANTA TERESA

"Olá, eu sou Sophia Lange, doutora em semiótica e professora dos departamentos de Letras e de Comunicação da Universidade de Humanidades do Estado do Rio de Janeiro.

Muitos na plateia foram ou são meus alunos, e vejo daqui diversos colegas que me honram com a presença. Estou muito grata em partilhar com vocês algumas ideias a que tenho me dedicado e que devem fazer parte da minha tese de pós-doutorado, cujo título será *A Síndrome do 'Eu trabalho pra c@r@lho': uma análise semiótica, social e de discurso do fenômeno entre ser e parecer em relação à própria força de trabalho na sociedade capitalista e neoliberal.*"

— Ela disse c@r@lho? É este mesmo o nome da tese dela? — Joana Angélica, mestranda sentada à segunda fileira do auditório, aluna de Sophia, cochichou, uma das mãos em concha, à colega ao lado.

— *Shhhh*, fala mais baixo. Pelo visto, o que comentavam, surtou mesmo — a amiga, Marta, sussurrou de volta, entre reprimenda e adição.

A palestrante continuou:

"Este tema é controverso e provavelmente vai desagradar muita gente. E daqui também vejo algumas pessoas às quais um palavrão em meio acadêmico causa estranheza. E eu compreendo. E explico... Nomear este fenômeno *Síndrome do 'Eu trabalho pra c@r@lho'...*"

Do outro lado da sala, Ana Clara Bastos, coordenadora do Departamento de Pós-Graduação Strictu Senso de Semiótica do Instituto de Letras, comentou alguma coisa de esguelha com Maurício, seu assistente:

— Estranheza, Sophia, porra! Minha Deusa do Céu, a Sophia pirou de vez. Quando inscreveu essa palestra nas atividades, entrou com outro título e não um c@ar@lho bem grande — disse e arregalou os olhos para o lado direito do palco, onde estavam sentados à mediação verdadeiros patrimônios do instituto, acadêmicos que, juntos, somavam para lá de cem anos de casa, e aderentes à ala funcionalista do setor.

— Melhor deixar agora ela terminar. Já tá feito — o assistente arrazoou.

— O problema é que depois sou eu que ouço a velharia lá, ó as caras — resmungou Ana Clara, apontando o queixo para o trio de baluartes que figuravam no palco do auditório como se lá estivessem fazendo um favor deveras dispendioso, mas necessário, a toda a gente acadêmica da raia miúda que precisavam tolerar.

Sophia percebeu a inquietude de Ana Clara, sustentou uma pequena pausa, pigarreou, lançou um olhar rápido e panorâmico à audiência, se recompôs e prosseguiu:

"Retomando, nomear este fenômeno *Síndrome do 'Eu trabalho pra c@r@lho'* foi uma forma de demonstrar como a romantização e hipervalorização de jornadas extenuantes de trabalho se imiscuíram de forma tão sorrateira em nossas vivências e relações que esta expressão nada mais é do que uma forma coloquial a que nos referimos em nossos diálogos. Quem nunca ouviu (ou disse) um 'Eu trabalho pra c@r@lho' ou 'Fulano trabalha pra c@r@lho'? Pois bem... A proposta é analisar semioticamente a frase e os seus significados intencionais intrínsecos, implícitos e ocultos..."

— Ué, mas eu trabalho para c@r@lho mesmo, oras — sussurrou um jovem acadêmico, de boné do MST, sentado à terceira fileira, para o colega ao lado. — Aliás, a minha vida é toda a minha pesquisa, e me orgulho disso. Não entendo o problema.

Por sua vez, Sophia tomou um gole de água, fechou os olhos como quem vai em busca de recuperar algo no fundo de si e seguiu:

"Acontece que a romantização e a hipervalorização de jornadas extenuantes de trabalho entraram na moda há um tempo e parecem se perpetuar. E o pior é que nem sempre a situação de quem brada dedicação espartana ao trabalho corresponde à realidade."

A palestrante fez uma breve pausa. Foi a vez de o colega ao lado do acadêmico de boné da terceira fileira postular:

— Ah, sim, agora ela diz que a gente só finge trabalhar. Acha que a gente é o quê, parasita?

Sophia avançou:

“Em primeiro lugar, quero dizer que a nós, trabalhadores, pessoas comprometidas e obstinadas, é comum que, em determinadas fases da vida profissional, trabalhe-se muito. Há sempre aquele projeto que nos exige mais atenção e afinco, um objetivo que queremos atingir ou mesmo demandas com as quais nos comprometemos e com que precisamos ser capazes de lidar. Há os prazos, há as urgências e necessidades. E, no mundo capitalista, damos conta de todas elas por meio da nossa força de trabalho, corriqueiramente explorada — exploração esta que, diga-se de passagem, é romantizada pela *Síndrome do 'Eu trabalho pra c@r@lho'*. Mas deve-se ganhar o pão e, preferencialmente, também o circo.”

A frase não teve o efeito esperado, a palestrante pausou, depois, retomou, se explicando:

“Sim, contém um pouco de ironia esta minha afirmação. Fato é que todos nós trabalhamos mais em algum momento da vida, e normalizamos isso como um mal necessário. Não temos rota de fuga, não na atual configuração socioestrutural.”

Sophia fez nova parada, como quem tenta reorganizar ideias. Pediu à organização mais água. A audiência à espera.

Passado o impacto inicial, naquele momento, o ambiente decantara, um ou outro na plateia já mergulhara em telas de celular, ao passo que uns faziam breves anotações, um ou outro se levantava, deixava o auditório, e ainda alguns chegavam, pegando o bonde no meio e tomando pequenos sustos quando a palavra c@r@alho vinha novamente à tona.

Entregaram uma garrafa de água para Sophia, que tentou controlar mentalmente um pulsar na pálpebra esquerda que a afligia há mais de semana. Bebeu a água e deu continuidade:

"Acredite, eu já romantizei o 'trabalho pra c@r@lho'. Eu já aceitei e já caí nesta armadilha. A tempo, percebi que nada há de útil nesse tipo de crença sobre a qualidade do trabalho (ou do profissional ou de seu comprometimento e dedicação) estar relacionada a rotinas extenuantes e longas.

Nas redes sociais, vejo pessoas diversas, famosas ou não, inclusive acadêmicos aqui da audiência, que se orgulham de dizer que 'trabalham muito, às vezes doze, quatorze horas'... E isso me dá um desconforto ENORME, um embrulho no estômago.

Há, PELO MENOS, cinco motivos que consigo listar de chofre para que se pense a respeito da questão e se abandone de vez discursos relacionados. Trabalhar demais não é *status*, não gera necessariamente *status*, trabalhar de modo extenuante é ceder o corpinho ao abate de uma máquina de moer gente, sonhos e vida."

Do fundo, Ana Clara remoía com desdém, dirigindo-se ao assistente:

— Lá vem ela com as metáforas e ironias. É muito esnobe mesmo.

Sophia notou novamente o gesto da coordenadora, mas prosseguiu:

"O primeiro motivo, basal, é que uma rotina de trabalho excessivo pode levar a *burnout*, estresse, depressão, estafa e a inúmeros outros problemas de saúde e/ou mentais. E pode acabar com a sua vida pessoal também. Levanta a mão aqui quem nunca *bournoutou* de trabalho. Quase todos, olha quantos braços em riste. Agradeço a sinceridade.

Em segundo, essa romantização é tóxica. Trabalhar pode ser MARAVILHOSO em muitos momentos, principalmente quando se trabalha com o que se gosta. Ademais, nos traz conquistas, nos dá o pão, quem dera a todos o pão e o teto justos, e, quiçá, o necessário e merecido lazer. Mas é trabalho. E trabalho não é TUDO NA VIDA. Acredite, eu luto também com essa máxima, porque, muitas vezes, coloco o trabalho como o centro das minhas realizações, o que pode ser frustrante, afinal o mercado é cruel e nem sempre as conquistas dependem APENAS dos nossos esforços. O foco de nossas realizações precisa ser o combo da vida, e não apenas o trabalho.

Outrossim, creio que esse discurso seja uma beira de precipício para quem, por exemplo, está em início de carreira ou em uma fase mais difícil da vida profissional. Ler essas mensagens disseminadas em redes sociais como estrelinhas douradas num caderninho de jardim de infância pode fazer pessoas (novatos, um colega num momento de baixa profissional) acreditarem que há algo de errado com elas, que não se esforçaram o suficiente ou não são boas o suficiente. Isso gera tristeza, gera ansiedade, isso gera depressão. Não seja a pessoa que distribui gatilhos para os seus colegas profissionais, amigos, familiares..."

Nova suspensão de Sophia para reunir ideias, a pálpebra tremelicando.

Joana Angélica da fileira dois comentou de novo com Marta:

— É, nisso ela tem razão — concordou, se identificando, enxergando além da estranheza inicial do palavrão em uma tese acadêmica um sentido mais profundo, mas foi logo chamada à atenção por um colega da fileira à frente.

— *Shhh*, você tá me atrapalhando.

— Ai, desculpa, foi só um comentário.

Sophia observou a movimentação e se dirigiu ao grupo falante:

— Vocês gostariam de fazer alguma pergunta? Vejo que estão demonstrando interesse. Quem tiver qualquer pergunta ou comentário pode levantar a mão ao diálogo, sim? Alguma pergunta? Não? Nenhuma? Prosseguirei, então:

"Há outro aspecto... E, aí, corre aqui, Marx. Discursos do tipo 'trabalhem enquanto eles dormem', de *eu-presa*, de *self made man* e baboseiras similares, louvores à meritocracia e às benesses da uberização, estruturados na mesma esteira do 'trabalho pra c@r@lho', além de serem extremamente elitistas e demagogizados, normalmente são feitos por quem nunca precisou parar de estudar para complementar a renda de casa. Fora que são, marxisticamente (me permitam o neologismo), a forma da superestrutura do capitalismo subjugar a infraestrutura, você e eu, pequeno cidadãozinho, de nos contar lorotinhas para manter o sistema social e produtivo vigente e para que a gente acredite que tá tudo bem apesar desta ~~merda~~ de sociedade: afinal, as coisas são como são e como devem ser.

A superestrutura inventa uma historinha para a infraestrutura a fim de justificar todas as *merdinhas* que ela faz, para manter o *status* quo e o lugar de privilégio das classes dominantes. Em resumo, falseia a realidade para nos manter calmos e subservientes 'afinal, é sobre isso e tá tudo bem'."

Ana Clara comentou de novo com o assistente, tentando disfarçar que nada de mal dizia, porém o gestual do corpo denunciando pouco-caso e impaciência:

— Como gosta de um diminutivo, a maluca!

Dessa vez, Sophia conseguiu ler nos lábios de Ana Clara a palavra "maluca". Tentou não se abalar, respirou fundo, a pálpebra tiritando, e perseverou em seu discurso:

"Eis, segundo Marx, o conceito de ideologia... no mais que se deixe debater em ataques de pelancas os que anunciam o sequestro da sociedade pela indústria cultural marxista e que, vira e mexe, fazem renascer novas versões do Plano Cohen."

Neste momento, Ana Clara já nem sequer se preocupava em disfarçar o incômodo ao destilar comentários com o assistente, que ouvia diligente à função, sempre ao lado, sempre a postos, cumprindo seu *entourage* à mestra e musa. Ana Clara batia o pezinho no chão, embora contivesse o volume da voz:

— Agora fodeu, fodeu, fodeu de vez... Marília Almeida vai comer meu fígado, e com razão, dizendo que eu deixo a rédea solta dos professores do departamento.

Sophia foi adiante:

“Há mais, infelizmente, nessa mimese de valorização do discurso do trabalho pra c@r@lho: Quem trabalha doze ou quatorze horas, numa sociedade patriarcal e machista, são, normalmente, homens (inclusive homens com filhos). Me sinto triste como mulher, e como mãe, duplamente penalizada. Sobre os homens... Quantos escritores na história, quantos cânones, cientistas e Nobel se fizeram à custa do trabalho não remunerado feminino e materno (eu mesma, uma mãe acadêmica, me dediquei a finalizar minha fala nesta palestra enquanto meu filho de seis anos vinha a cada cinco minutos me solicitar alguma coisa).”

Acima do palco, era nítido o achaque que a última fala causara em acadêmicos da mesa mediadora. Eles se remexiam nas cadeiras, olhavam as horas ao relógio, cruzavam e descruzavam pernas, aproveitavam para limpar os óculos, pigarreavam...

Com a fala brevemente suspensa para virar as páginas do discurso e reunir as ideias, Sophia se encontrou no texto, voltou à exposição:

“Mas fico especialmente desenergizada quando vejo mulheres que admiro, as quais inclusive sigo em redes sociais, falar de suas longas jornadas de trabalho (algumas até têm filhos, mas estão tão cooptadas pela ideologia do ‘trabalho pra c@r@lho’, que sucumbem). E, mesmo sabendo que, racionalmente, a dedicação ao trabalho acontece porque, sem filhos é, no mínimo, operacionalmente mais simples viver, é impossível não sentir uma pontinha de frustração e começar a fantasiar: nossa, mas, então, por isso que não atingi aquele ou aquele outro objetivo profissional? É porque eu não trabalho o suficiente? Em suma, além de romantização de uma coisa que não deve ser romantizada, é opressor e excludente com mães.

As mães não deveriam precisar ponderar sobre a própria carreira, realizações pessoais e filhos. Mas, para que consigam se dedicar de forma saudável e com sucesso pessoal a essas tarefas, é preciso que sejam acolhidas. O caminho é muito longo; repensarmos esses tipos de discurso nocivos é uma das pequenas ações concretas que podemos fazer por um ambiente profissional mais saudável e menos excludente para as mulheres.

Por último, simples, mas não menos horripilante, tal discurso de 'trabalho pra c@r@lho' pode ser apenas balela. O que implicaria na possibilidade de todas as consequências do trabalho pra c@r@lho listadas acima serem em função de NADA, À TOA! Nem sempre quem diz que trabalha muito nas redes sociais ou fala isso o tempo todo trabalha mesmo muito. Pode apenas ser uma hipervalorização da situação, uma forma da própria pessoa lidar com alguma insegurança pessoal etc.

Então, tenhamos responsabilidade conosco e com os demais, não romantizemos o 'trabalho pra c@r@lho' e não acreditemos em tudo que vemos nas redes sociais.

Ah, em tempo: trabalhe de forma saudável enquanto eles ficam acordados ou bradando sobre o fato de trabalharem pra c@r@lho e acabarem *burnoutados* e ainda mais alienados.

Muito obrigada pela oportunidade de falar a vocês e de participar desta ocasião. Fiquei tão entusiasmada e nervosa que, desde o início da semana, sinto várias partes do meu corpo dormentes. Mas perseveremos! Uma boa noite a todas e todos!"

A audiência começou a se levantar, os burburinhos ganharam escala, ainda existia algum desconforto remanescente no ar, mas a "normalidade" ia ocupando espaço. Sophia deixou o púlpito e se dirigiu à pequena escada do tablado. No meio do caminho, titubeou, os joelhos cederam e, numa queda estrondosa, foi ao chão desmaiada.

Então, deu-se uma correria só, foi um Deus nos acuda. Precisaram chamar a ambulância e levar a acadêmica inconsciente ao hospital.

Depois dos primeiros atendimentos e de alguns exames e avaliações, constatou-se que Sophia, uma mulher de quarenta e três anos, sofrera um acidente cardiovascular, ocasionado, provavelmente, avaliam os médicos, por uma grave estafa mental, o que lhe tirou, definitivamente, as faculdades cognitivas da fala e da escrita. Restava agora a Sophia apenas os pensamentos. Exprimir-se, nunca mais. Nem xingar um caralhinho sequer, no diminutivo, a fim de chocar os mais pudicos e amofinar as invejosas.

ESTAÇÃO CINEMA BOTAFOGO

Ia sempre à primeira sessão de cinema de sábado.

SÓ-

ZINHA.

Nesse horário, a sessão costuma ser mais vazia e ter a mesma fauna de sempre, gente que Marina gostava de observar e criar, para cada uma, histórias rocambolescas de vida. São velhinhas com roupas divertidas e mulheres com **ÓculOs** descolados e suas *ecobags*, **~~como ela~~.** E homens esquisitões, alguns, cinéfilos de fato; outros, pseudocinéfilos... E aqueles para os quais a

so

li

dão

é menos difícil ali, na **escuridão** do cinema, do que na própria casa, **~~como ela~~**.

Logo na entrada, Marina cruzou com um conhecido, Jonas. Ela não tinha certeza a qual grupo ele pertencia. Se punha ares de cinéfilo erudito, mas ela desconfiava que pertencia mesmo ao dos pseudocinéfilos. Que cara esquisito esse Jonas! Ela nem se lembrava de onde o conhecia, mas, sempre que o encontrava, ficava com a sensação de que ele poderia ***ATIRAR-SE*** sobre ela a qualquer momento com uma ***FACA***, como no filme do Hitchcock.

e

r p

r i

Correu pela espinha um **a** **o**, despediu-se rapidamente. Ainda olhou por cima dos **OmbrOs** para se certificar de que Jonas tinha ido mesmo embora. Espantou a imagem das ***FACADAS*** e seguiu para a bilheteria.

Poder-se-ia mentir e dizer que ela estava ali para assistir a um filme *cult*. Não. Em vez disso, era qualquer coisa capaz de garantir a sensação de vida suspensa que só o cinema oferece; a possibilidade de se viver, pelo menos um pouquinho, outras vidas, o impossível.

Aguardava a vez na **f_____i_____l_____a** quando alguém a **cu- - - -tu----cou**. Receou ser Jonas novamente, mas, quando se virou, viu que não, era outro, era **ELE**. Sozinho também. **ELE**, que ela amava. Ela, a sempre segunda opção **DELE**.

Trocaram dois beijinhos e **ELE** foi lá pro fim da fila.

Imagina se ela iria sugerir que vissem o filme **JUNTOS**! Supor isso, absurdo, uma ousadia. Nunca saíam juntos publicamente. O telefone tocava de madrugada, e ela se contentava com **ELE** chegando na casa dela pós-*night* com os amigos (e outras mulheres que, ao que tudo parece, serviam para exibir publicamente) pruma foda de meio de madrugada, sem aquela parte da música do Arnaldo Antunes: "E além da vida ainda de manhã no outro dia...". Que amargor e humilhação sentia Marina.

Ela pagou pelo ingresso, deu um tchauzinho e

so iu

r r

um sorriso amarelo. Se enfiou na sala. Não soube como agir... O coração aos p**U**lo**S** de amor, mas a **bOca,** cheia do acre que só sabe quem conhece a rejeição, é preterido.

O filme ia começar. Ela, então, percebeu a presença d**ELE** pelo **r___a__b__o** de **O**lh**O**. **ELE** perguntou:

— Posso sentar do seu lado?

Ela achou estranha aquela intimidade, porque, afinal, **ELE** não estava de namorada nova?, mas disse:

— Pode.

ELE

se

s

e

n **tou.**

Mal a primeira cena do filme havia começado e, num movimento estranho, **ELE** tirou o pau para fora da **ca_l_ça. P;)scou** para ela.

ELA entendeu tudo o que precisava ser feito com perspicácia. Fez como quem se prepara para performar a melhor chupada da vida **DELA**.

Primeiro a

a na cabeça do pau.

u

g

n

í

l

Olh**Ou** para ele e

so **iu** marota.

rr

bbbb

Depois, **ELA** **aaaaa** **iiiiiiiu**

rrrrr

a b**O**ca e com vontaaaaaade.

AAAAAAAA AAAAAANHOU!

B C

B C

B C

B OOOOOOOOOOOO C

r.

e

o, **z**

t **a**

l **r**

Por sua vez, ele jogou a cabeça pro **a** e riu de **p**

A verdade é que ele não teve nem tempo de fechar o riso, num movimento só, **ELA s_e_r_r_o_u** os dentes e arrancou o pau dele fora. Depois, fugiu, as beiradas da **bOca** cheias de sangue. Parecia o palhaço Bozo.

Como há menos bilheteiros no cinema, muitos totens fazem as vezes de funcionários na venda de ingressos — tal qual, aliás, tantos outros totens que fazem as vezes de amor para tapar os **b** **cos** de nossas vidas —,

u r a

ninguém **A** viu sair.

Também não perceberam logo **ELE** agonizando.

ELE desmaiou.

O filme acabou. As luzes se acenderam e as demais pessoas da sala a caminho da saída avistaram o horror. **ELE** estava empapado de sangue.

A ambulância chegou. Nada do membro à volta.

Meia hora depois do achado, a polícia a alcançou. **ELA** estava a um quarteirão do cinema, numa sorveteria Itália. Numa mão, a casquinha de **bOla** dupla, meio pistache, meio sorvete de nozes; na outra, o pau decepado. Tinha o semblante lépido, mas sereno, e saboreava seu doce tro**fel** sem remorso aparente enquanto pensava que Jonas é quem deveria ter medo **D ÉÉÉÉ L AAAAAAAAAAAAA!!!!!!!!!!!!!!!!!!!!!!!!**

Levaram-**NA** presa… Porém **VIN-GAAAAA-DA**!

TRAGÉDIAS CARIOCAS

UM ROMANCE CARIOCA EM TRÊS ATOS OU UMA HOMENAGEM A N. R.

1

A frustração do trabalho burocrático, a falta de grana e a solidão de uma vida sem paixão eram os primeiros a saudar Isabelle pelas manhãs, sobretudo naquele dia de modorra, mais uma "quarta-feira de altas temperaturas e previsão de fortes chuvas no fim do dia na cidade do Rio de Janeiro". Ah, e, claro, a Alexa, que acabara de oferecer auspiciosa informação climática ao soar o despertador matinal.

Todos os dias, e aquele não seria diferente, a alminha cinzenta de Isabelle implorava para que fosse um dos bons, que viesse qualquer evento capaz de mudar um pouco aquela gris existência.

Era como se esses elementos, a frustração, e o trabalho insignificante, e a grana curta, e a solidão, e a falta de paixão, e, e, e fossem protagonistas da vida que pertencia a Isabelle, e ela mesma, apenas um espantalho, esquecida num milharal seco, bicada, cutucada, puída, pilhada, cagada. Em suma, consistia nisto: "Puta vida cagada", ela ruminava.

Até mesmo a Alexa — havia dias, longos domingos, a única com quem Isabelle falava — dava a impressão de ter mais do que Isabelle, serpenteando faceira no ilimitado de possibilidades da "rede".

— Ladina! — soltou Isabelle enquanto se levantava da cama, como supondo ali outra vida vivíssima e não uma inteligência artificial "controlada" por voz.

Ia a caminho do banheiro, os olhos ainda embaciados e colados de remela, quando topou com o dedinho do pé na estante de livros.

— Ai, caralho! — praguejou.

De repente, um gatilho! Foi como se a dorzinha pungente no dedinho lhe gerasse um *pop-up* sináptico, oriundo lá da laminha de esperança que Isabelle ainda tinha em si, trazendo à tona uma ideia; primeiro, sem sentido, depois, "O que tenho a perder?". Eis o plano: deixar um livro à venda no sebo com um bilhete dentro, nele, um convite, e ver no que iria dar.

Achou clichê. Em seguida, mudou de perspectiva: se achou mesmo foi genial! "U A U, mas que criativa eu sou, isso dava até um conto, um romance; policial, quem sabe?", fantasiou. Afinal, ela já tinha rascunhado alguma ficção, poderia ser um estímulo para retomar a escrita, não é mesmo? "E que ousada, se lançando à vida para o que desse e viesse daquele jeito...", envaideceu-se. Subiu-lhe à cabeça, assim, uma devaneada eufórica, cuja natureza tinha diagnóstico fechado, código CID e incluía receita controlada, ~~bipolaridade~~.

Meio manca ainda, catou papel e caneta. Escreveu o bilhete. Voltou à estante, fechou os olhos, puxou um livro aleatório. Veio *A infância de Toulouse-Lautrec*. Tratava-se de "Um tomo deveras enigmático da biografia de Toulouse-Lautrec", o pai ausente de Isabelle definira à ocasião em que legara a ela um livro de sua *estante de colecionador* — sem se importar com o interesse dela ou não pelo artista em questão. Como se o gesto caridosíssimo de ofertar à filha uma posse íntima e para ele *especialíssima* fosse o bastante para tapar uma vida de abandono paterno...

Naquele dia, seja dito, em que o pai lhe dera "tamanho mimo" (que nem valia dinheiro, a edição era péssima, se ainda valesse...), os dois se encontravam pela primeira vez em vinte anos. Foi também a última, pois, no mês seguinte, o homem morreu engasgado com um osso de galinha.

Isabelle já ia enfiando o bilhete volume adentro, porém decidiu reler. Achou meloso demais, carente demais, degradante demais. E ela tinha lá seus brios. Então, rememorou a forma como o pai passara a ela aquela "herança" no derradeiro encontro e, praticante da autocomiseração irreverente como forma de fugir da humilhação da própria vida, rasgou o que tinha escrito e deu-se, zombeteira, à feitura de nova redação:

> *A você que chegou até este livro:*
>
> *Em suas mãos está um tomo deveras enigmático da biografia de Toulouse-Lautrec.*

Lanço-o ao acaso para que a vida deste autor possa lhe suscitar a inspiração e o espanto que a mim me causaram. [Isabelle forçou um pouco a barra neste trecho.]

O destino está lançado.

Depois de ler, me escreva para contar suas impressões: mmebelle@kmail.com

Belle.

Rumou direto para um sebo no Centro, perto do seu trabalho na Biblioteca Nacional, onde, é preciso dizer, apesar do bacharelado em Biblioteconomia, nem sequer dos livros tratava diretamente. Foi o concurso no qual deu para passar. "Depois, tentava outro", comentou à época, em consolo, a avó materna, Gilda. Aliás, fora Gilda quem criara Isabelle após a mãe tê-la abandonado. Avó esta que passou a ser de Isabelle a única referência familiar, pelo menos de paradeiro conhecido por elas, após o "ocorrido com o traste", como as duas costumavam chamar a morte do progenitor.

A propósito, seria muito útil e rico à narrativa dizer que Mariane, a mãe de Isabelle, fugira com o circo; virara uma Conga em busca do sonho de ser trapezista e desiludira-se, restando encarnar aberração. Mas não. O pai já não fazia parte da vida delas, e Mariane cansara-se de ser mãe. Deixou a menina com Gilda quando a garota mal completara dois anos e foi tentar outra história.

Um adendo oportuno: Isabelle não sabia, mas Mariane, e quem narra aqui sabe e vos diz, morava ali pertinho da filha, em Santa Teresa. Tinha uma banquinha de miudezas no Curvelo. Uma vez, até vendera uma bijuteria, um brinco de latão com uma pedra leitosa de gosto duvidoso, a Isabelle. A pouca memória que tinha da mãe não lhe permitiu reconhecer Mariane, a mãe tão idealizada, na figura da camelô. Só notou os óculos escuros enormes que a mulher usava e como era encarquilhada. Ah, e, claro, notou a menina que a ambulante mantinha perto de si. Observou que os olhos da pequena — e que coincidência engraçada! — tinham um quê de Isabelle quando criança, especialmente na foto que a avó mantinha na cabeceira da cama.

Muito que bem, naquela quarta-feira, Isabelle chegou finalmente ao sebo. Parou na porta, o livro agarrado a um braço; a outra mão tirando a calcinha enfiada que a incomodara por todo o trajeto a pé desde sua casa na Lapa. Contemplou com devoção aquela traçaria. Magnífico! Ao mesmo tempo, ali, matéria em decadência e efervescência. Teve um momento de dúvida, o efeito "U A U como sou criativa e ousada" esvaíra-se em meio ao concreto da avenida e ao odor de mijo fermentado pelo calor *plus* notas do cheiro do podrão da barraca Dogão das Massas, estacionada sempre à saída do Metrô. Sentiu-se infantil. Fez que "vou, num vou", acabou indo.

Cruzou a entrada do sebo. Cumprimentou, preguiçoso em cima de um volume de *A vida como ela é...*, de Nelson Rodrigues, um gato branco com um olho azul e outro verde.

Aquele exótico par de olhos indicava boas vibrações ou mau agouro? Se fosse para desistir, era a hora. Talvez o aviso estivesse dado. Mas que mal podia ter? O que podia acontecer? Além do mais, o e-mail não era o dela *real, oficial*, foi criado apenas para aquela finalidade.

Chamou no balcão. De lá de dentro, veio uma senhora; no crachá, o nome Deusa. Opa, bom auspício. Negociaram o valor, Isabelle aceitou qualquer coisa, não tinha apego ao livro. Tratava-se de um caso de boa-sorte que se lançava, estava mais do que claro.

Recebeu o pagamento, encarou as bilhas bicolores do gato a caminho da rua e deixou lá, à venda, não um livro, insignificante para ela, mas as expectativas de uma vida.

2

Todos os dias, antes do trabalho, com uma xícara de café instantâneo, saliente-se — no fundo, achava que não merecia mais do que um café instantâneo —, Isabelle checava o e-mail na esperança de que alguém respondesse. Nada. Marcava um x a cada decepção num calendário xexelento ("brinde" de um supermercado atacarejo), que ficava na porta da geladeira e com o qual a avó lhe "presenteara" no início do ano. Contava assim os dias para um dia que talvez nunca chegasse e que talvez tivesse um potencial de coisas incríveis ainda por se revelar.

Noventa foi o número de x's rabiscados até que alguém se manifestasse.

De: j.onascury@kmail.com

Para: mmebelle@kmail.com

Assunto: Livro Toulouse-Lautrec

Cara Belle,

Creio que o seu destino tenha me achado.

Como um fã de Toulouse-Lautrec, mal acreditei quando encontrei num sebo tal raridade.

Gostaria de conhecer melhor a pessoa que o deixou lá, à minha espera.

Creio que com ela possa estar o meu destino.

Se achar conveniente o convite, me escreva.

Cordialmente, Jonas.

Isabelle respondeu imediatamente. E muitas outras vezes mais. Um sem-fim de troca de mensagens teve começo.

Os meses passaram, e eles ficaram mais próximos; as conversas, mais íntimas. Confessavam poemas prediletos, músicas, visões oníricas da infância, trivialidades, segredinhos cúmplices. Essas coisas que só acontecem entre pessoas predestinadas uma à outra, desígnios.

Jonas era um funcionário público, o expediente reduzido dava liberdade para aproveitar suas verdadeiras paixões: livros, cinema, teatro. Parecia um personagem da Belle Époque, tinha especial apreço pela época em questão. Um verdadeiro erudito!

Isabelle achava excêntrico e interessante — e um pouquinho, só um pouquinho, bizarro — o fato de Jonas saber tudo sobre Toulouse-Lautrec. E quem lá não tem suas "peculiaridades"? Também sublimava o fato de tal especificidade do consorte remetê-la ao pai, ao abandono do pai. Porém estava convencida de que tinha diante de si uma oportunidade dadivosa de ressignificar o passado. Afinal, fora o tal do livro do Lautrec que trouxera Jonas para a vida dela, não fora? Deixa o passado para lá.

Foram assim uns quatro meses, nos quais migraram de e-mails para aplicativos de mensagens, até que... Até que Jonas propôs que se conhecessem pessoalmente.

3

Sexta-feira de veranico no Rio, fenômeno contínuo na cidade, tanto no inverno como no próprio verão, para o bem e para o mal dos habitantes, sempre suarentos, mas prontamente dispostos ao odara, à praia ou à magia da noite como práticas diárias. A lua no céu, glutona, porosa, marejada, lupina.

Marcaram em frente ao cinema Roxy. Mesmo definitivamente fechado, uma referência fácil para os dois (ele, principalmente, cinéfilo). Perfeito, Isabelle cria: perto da praia e ao alcance da maresia. Para ela a maresia era uma espécie de alquimia seduzente, uma nébula que incensava a mente e deixava o corpo das pessoas molinho, molinho, as punha receptivas aos encantos e mistérios da rua, no caso de se topar com eles pelo caminho. Isabelle podia contar naquela noite com a maresia apadrinhando o seu encontro romântico.

Se encontraram. Trocaram dois beijinhos. Ela notou o chapéu Fedora que ornava o topo da cabeça de Jonas, pensou: "É, ok, vamos superar isso também".

Então, encarando Isabelle fixamente, Jonas disse:

— Seus olhos, Isabelle. Eu não tinha tamanha ideia, ao vivo eles são, eles são ainda mais... são azul-opala.

Isabelle se apressou:

— Herdei da minha mãe.

— Você é perfeita!

Tomaram alguns chopes num bar de esquina para romper a cerimônia primeva e molhar e desembaraçar a língua e, depois, seguiram para a orla. No coração de Isabelle, a cada assunto, a paixão aumentava, apesar do Fedora, inclusive. Jonas figurava até mais interessante do que virtualmente. Não exatamente bonito, mas isso ela já sabia pela foto de perfil do WhatsApp e do Facebook, onde ele postava coisas interessantíssimas: frases pinçadas de livros antigos e raros que quase ninguém conhecia, mantras hindus para a felicidade, estudos sobre o orgasmo das abelhas ao fazerem mel, artigos sobre autores e escritos considerados *injustamente* malditos e, ainda, poesias autorais. Na opinião dela, um apanhado *fofo* de manifestações, que exprimia uma personalidade instigante. De fato, não estava, como ela, sempre on-line, mas nunca demorava mais de duas horas para respondê-la. Verdade também que ele se vestia... de forma um pouco inusitada?, bom, um tanto quanto formal. No entanto, ela preferia considerar aquilo como estilo pessoal, autenticidade, e não esquisitice.

Caminharam até a areia. Margearam descalços a beirada da água, as ondas em vaivém, tirando casquinhas dos pés. Dividiram uma garrafa de vinho, uma intimidade saboreada direto do gargalo.

Se sentaram um pouco antes do Forte Copacabana. O mar calmo, murmurejando sem alarde as pedras. Isabelle ficou ouvindo o que Jonas falava, emitia grunhidinhos em concordância ou risadinhas, dependendo da toada que a história contada suscitava. Jonas colocou o braço ao redor dos ombros dela. Isabelle percebeu ser um daqueles momentos para se capturar, recordar, já que precipitam uma grande virada na vida de uma pessoa, no caso, da sua pessoa.

Contemplou, com ainda mais cor, o ir e vir das ondas, as conchinhas que se movimentavam, ora impulsionadas para fora, ora sugadas em definitivo ao mar, as espuminhas remanescentes de uma onda, que ficavam para trás no marulho e viravam bolhinhas, primeiro sapecas, depois tímidas, até submergirem totalmente na areia... Quis registrar tudo, como se fosse a primeira e a última vez. Relaxada pela atmosfera e meio bêbada, soltou a mente e a deixou vagar: imaginou o namoro com Jonas, morar junto com Jonas, viajar com Jonas, se casar com Jonas, ter filhos com Jonas, envelhecer ao lado de Jonas...

Então começou a ventar forte, e os dois decidiram sair da areia; estava tarde e deserto. Jonas ajudou Isabelle a subir o degrau do calçadão.

— As damas primeiro.

— Obrigada.

Foi então que Isabelle sentiu as pontas dos dedos de Jonas na nuca, se arrepiou toda. Fechou os olhos e esperou pelo beijo...

Não viu mais nada. Jonas degolou Isabelle ali mesmo, na altura do Posto 6. Largou o corpo aos pés do Drummond. Morreu sozinha, os olhos azul-opala arregalados, e a última coisa que sentiu foi o escorrer quente e viscoso do sangue que saía da garganta e empoçava o calçadão.

TRÊS POR QUATRO

Tão bonito na foto, Carmen dizia quando mostrava o retrato daquele único filho, criado com esforço solitário em uma vida de humilhação e subempregos.

Era um três por quatro assustado, feito para o registro do primeiro emprego. Luciano de blusa social.

O garoto também estava orgulhoso e ansioso com as possibilidades que aquele trabalho poderia trazer. Apesar de seus recém-completos dezoito anos, não era apto ao alistamento militar. Até tentou, se apresentou, passou pela primeira peneira, no exame físico, mas saiu de lá com um documento de isenção que dizia: "Incapacidade por motivo físico e/ou de saúde e/ou intelectual", e ninguém se deu ao trabalho de explicar mais nada. Cursar a faculdade? Um plano com o qual não podia sonhar. Possível? Sim, mas não a regra. Aquele emprego... sinônimo de dignidade, de algum futuro, quem sabe um curso técnico, um profissionalizante... Já representava alguma coisa, mais do que para muita gente naquele limitado universo de toda sorte de carestias em que viviam.

— Quatro fotos. Uma pra carteira de trabalho, outra entreguei lá na firma. A outra, mãe pegou. Essa aqui, ó, guardei pra tu. Toma. Olha atrás.

A namorada olhou o verso do três por quatro e leu: "Luciano e Cristiana. *Forever*".

* * *

Seis da manhã.

— É hoje que ele começa lá. Quem conseguiu foi a minha patroa, aquela da mansão no Recreio. O marido dela é dono, Glorinha. Disse que ia dá uma oportunidade pro garoto. Depois que o pai morreu (que Deus o tenha), foi difícil controlar. Mas Maria passa na frente, e, agora, o meu filho tá encaminhado na vida. Tem um emprego, de salário mínimo, mas de carteira assinada. Começa servindo cafezinho e já, já tá fazendo outra coisa, indo ao banco, entregando documento, garoto de recado, contínuo. Valha-me Deus, Nosso Senhor.

— Ô, mulé. É boy que se diz agora, Carmen. Bó-Y. Aqui, Marluce, Carmen tá caduca velha, tem que ensinar pra ela as modernidades da vida tudo. Dá, deixa eu ver essa foto aqui. Tá nos trinques mermo, hein, Carmen, parece até os engomadinho lá do asfalto. Deus conserve. E Cleide, tu soube? Não teve a mesma sorte. Diz que o mais novo dela tava devendo pro grandão. Três dia que aquela lá só chora. Tá com o pastor pra cima e pra baixo, tentando achar o corpo, desenrolar com os hômi...

— Ih, num aparece mais não, Glória. Coitada. Tu sai pra trabalhar, e os garoto some tudo lá pra cima. Num bota olho pra tu ver.

Não querendo murchar com o gosto da realidade agourenta nada a ela alheia, Carmen abanou a mão como para espantar praga, se benzeu e saiu a espalhar a boa-venturança de si e do filho entre as vizinhas.

Arrastando as chinelas, saiu pelo beco, convocando a mulherada. Percorrendo a viela, gritava, da soleira de cada um dos barracos, corpo fora, cabeça dentro, pra chamar as vizinhas, muitas comadres, quando não, aparentadas. Queria exibir a foto, gabar-se do filho, mostrar como estava bonito, dar vazão àquela alegria, dar testemunho de que valia a pena sentir alguma esperança.

Pelas vielas, a vida acontecia em sequencial. De dia, janelas e portas abertas, tudo feito para quem quisesse ver: o almoço, a manicure e a pedicure, assistir à TV, cuidar do cabelo das crianças, bater nelas, discutir com o marido. Tudo. Pelo menos até que a Lei, o tráfico, desse o sinal. Aí, a vida recuava, sugada no vácuo. Eram muitas formas de expropriação. Como ser um fantoche na mão de vários titereiros: a miséria, a exclusão, o medo. A vida valia tão pouco por aqueles becos que não se podia dar-se ao luxo de ser dono dos próprios sonhos, de si mesmo. Ia-se levando.

Em meio às vulnerabilidades e um cheiro constante de bueiro aberto, a única coisa que saneava era a esperança. A esperança, que, por natureza e justiça, precede tudo o mais o que está por vir, as coisas boas que devem acontecer a todas as pessoas trabalhadoras e de boa-fé. Ao fim, cabia mesmo à esperança ocupar o lugar do que nunca chegava, fossem coisas básicas ou de alma. Em teoria, pois, conquanto intenção e fé, ali, o bom tardava a vir — quando vinha.

As vozes das mulheres compareciam ao chamado de Carmen. Gritavam de onde estivessem, sem nem tirar os olhos das tarefas, dos filhos, do feijão no fogo. Teciam um diálogo enredado. O que se perguntava a uma, outra respondia, ou complementava, adicionava, trazia novos fatos, zombava de uma coisa aqui e outra ali para mexer umas com as outras. Uma grande consciência coletiva, em que os pensamentos e sentimentos eram em extensão, fruto da mesma vivência à margem, com algumas adaptações, claro, sempre em nuances mais trágicas.

— Vai o quê? Desce daí, Mariane. Ô Graça, tu escutou? Olha só, a besta.

— Teu muleque já tá com o quê, dezoito? Mais velho que minha Diana. Yuri, vem logo, vai se atrasar pro colégio. Diacho de garoto fresco. Diz aê, Carmen, que tenho ainda dois cesto aqui pra passar.

— É naquela empresa bacana do marido da tua patroa? Tá com dezoito? Ele e meu Clebinho têm a merma idade.

— Ó, fiquei sabendo que ele já foi lá na Cristiana. Dar o papo reto, hein, Carmen... Tu fica de olho. Já, já aquela outra tá embuchada. É minha sobrinha, mas num passo a mão não. Se aparecer grávida, aqui num tem teto. Muita boca já.

Eram dez da manhã. O alarido cessou no beco, a vida tomou sequência: úmida, abafada, bolorenta, mas viva.

* * *

Do outro lado da cidade, Luciano travava sua batalha. Difícil dar conta de tanta novidade, tanto papel, principalmente, tendo dislexia. Não ia servir só café. A secretária explicava e ensinava pequenas tarefas de escritório. Afinal, não se bebe café o dia todo, não é mesmo?, a mulher disse para ele, olhando por cima dos óculos e chegando mais perto, tão perto, que Luciano sentiu o hálito de cigarro. Senta aí que você vai me ajudar.

— Ó, tem que separar, tá vendo? Por data — dizia, apontando para os números no topo do papel. — O que for de *outrubo*, coloca nesta pilha. O que for de *nomevbro*, nesta daqui. — Assim que Luciano lia sob o dedo apontado da secretária na folha de papel, trocando as *letars* das *palavars*.

Meio-dia. Já exaurido, Luciano recuperava as forças no refeitório, saboreando com vontade a comida de marmita feita pela mãe. Nos pensamentos, ele e Cristiana, o passeio no shopping que fariam com o ordenado, a lanchonete a que iriam, quem sabe até um cineminha e, depois, se conseguisse convencer a namorada, uma fugida naquele motel barato que o Douglas tinha falado na beira da Brasil, perto da Cantão dos Pneus... É, só de patrão com a minha mina.

* * *

Na favela, o fim da tarde chegou, e o lusco-fusco precipitou o ocaso, outros sons, outros cheiros. À noite, a atmosfera mudava, e a dinâmica das interações também.

Das lojinhas improvisadas à frente das casas e às portas dos barracos assobradados, rádios entoavam o Angelus ou anunciavam a *Hora do Brasil*. Caixas de som repercutiam em alto volume hits variados: do funk ao sertanejo universitário, e até sucessos gospel. Televisões berravam de dentro dos botecos. Entre ave-marias, notícias e voz de apresentadores de programas sensacionalistas, ouvia-se o culto da noite, vendedores e ambulantes, diálogos entrecortados, o zigue-zaguear das motos, que subiam e desciam serpenteado os becos com mais tensão e intensidade.

Sai da rua, Anderson, vão te atropelar. *Bling, bling, bling*, as crianças no bar diante da máquina de flíper. Eu disse amém, auditório? Vamos glorificar ao Senhor nosso Deus com o nosso dízimo. Eu, pastor Geovaldo, garanto, é a sua entrada sagrada para o Céu. Entra pra casa, Miriam. Já falei pra tu não ficar na rua depois que chegar da aula. Ihhh, ah lá, tá gostosona, hein, Priscila. Ô lá em casa, hein. Bora dar um rolé, mina. Tô doido pra dar um cheiro nesse teu pescoço aí de fora. Tá maluco, William? Num me misturo com moleque, sou mulher pra tu não. Se liga, que vou reclamar de tu pro Bob Marlen e tu vai ficar pianinho. Ôôô, Zé Maria, a lá, tá chapadão. Ó, Virgílio é chifrudo, hein. Tô sabendo. Cala a boca, Yara, sua bêbada. Sai daqui, que senão eu te baixo o cacete, aqui num tem esse negócio de direito das mulé, não.

Esse cacete mole teu aí, Geraldo, num quero não. Rá-Rá. Viado maldito enrustido. Mais uma dessa aqui, Bruno Caolho.

* * *

Oito da noite: Luciano se apertava no ônibus, parado em um engarrafamento na Lagoa, o celular descarregado. Ninguém passava. Pode me dizer as horas, senhora? Oito, meu filho. O burburinho dava conta de que um doidão tinha esfaqueado um ciclista, um médico, parece. Um dizia, pobre alma, que Deus perdoe (perdoe quem?, ciclista ou doidão?). E outro, que filho da puta (e filho da puta quem?, doidão ou ciclista privilegiado?). Ô, motorista, vai demorar muito aí? Se acalma aê, mermão, que busão tem asa não.

* * *

Nove da noite: Carmen em casa. Esperou. Mandou zap. Mensagem não lida. Ligou. Fora de área ou desligado. Aperreou. Olhou prum lado e pro outro do beco em que morava.

Dez da noite: Carmen já tinha feito e refeito o caminho da viela onde sua casa estava incrustada, foi e voltou do pé do morro incontáveis vezes. Concretas e psicológicas vezes. Pegou o terço. Prometeu novena. Acendeu vela pra Nossa Senhora da Penha, sua vizinha e protetora. Disse que subia a escadaria de joelhos. Parava de ir no terreiro. Entregava só a Jesus. Saiu de casa de novo, sondou com os moleques olheiros, perguntou para as crianças no campinho, nas biroscas e para os que encontrava no percurso.

Dez e meia: cansada, sentou-se, no bar do Geraldo, para ficar de olho no caminho. Não tinha o que fazer, só esperar e acreditar no livramento. Tentando não se desesperar, pediu uma Coca-Cola. Mostrou o três por quatro assustado pra Geraldo e contou sobre o emprego do filho. Geraldo ofereceu mais uma Coca-Cola: Por conta da casa, pra comemorar. Carmen teve um pouco de esperança. Havia o trânsito. Luciano pode ter errado o ônibus. Encontrado alguém, sei lá. E estava sempre com aquele celular sem bateria. Ligou para Cristiana.

— Garota, Luciano apareceu aí?

— Apareceu, sim, tia. Já foi pra casa.

— Que hora isso?

— Saiu daqui inda agora.

Carmen respirou aliviada. Eram onze horas.

— Graças a Deus. Vou lá, Geraldo. Vê se o garoto chegou em casa e dar um esporro nele. Parece que num pensa, desnaturado.

Carmen entrou em casa. O três por quatro na mão. Suspirou. Foi o tempo de estalar um beijinho nos dedos para saudar a santa no oratório na entrada de casa e ouviu baterem na porta.

— Esqueceu a chave de novo — deu uma resmungada rabugenta.

Abriu, já começando a cantar o esporro do moleque.

— Puta que pariu, Lu-ci...

O olho correu a cena. Dois homens carregavam aquilo que não era mais forma, envolto num lençol.

— Foi bala perdida, tia, os cana de tocaia no Beco da Joia. Luciano tentou correr, mas pegou na cabeça.

Nem meia-noite. Tombada no chão, Carmen agora embalava o corpo do filho como num transe. Repetia, ora gutural, ora em prece, balbuciando, com o três por quatro borrado de sangue em uma das mãos:

— Mas ele tava tão bonito na foto.

A FILANTROPA DO MÉIER

Não tinha filhos. E os queria muito. Achava que poderiam preencher o vazio que sentia desde sempre, o qual se aprofundava agora, depois dos quarenta, e solteira. Morava no mesmo apartamento há trinta anos. Primeiro com os pais — que, depois de mortos, sendo ela filha única, deixaram de herança o dois quartos de setenta metros quadrados no Méier — e agora só. Tinha uma vida confortável, uma vez que, nunca casada, ganhou direito à pensão do Exército destinada a filhas de militares que não contraíram matrimônio.

A rotina, assim: saía pela manhã, frequentava a academia, fazia algumas compras no mercado, na feira, tomava resoluções da vida prática, depois ia para casa... Às vezes, assistia a filmes, a novelas, a séries e até fazia algumas leituras da lista dos mais lidos indicados em revistas semanais. Já não trabalhava, abandonou o magistério depois que passou a receber a pensão do pai. Para que se estressar com adolescentes em sala de aula se o que ganhava de pensão (e com total estabilidade) se fazia suficiente e custeava até caprichos? Nos fins de tarde, frequentava aulas de dança no Imperator Centro Cultural. Aos sábados, ia a festas temáticas dançantes e se sentia viva como quando imitava, de polainas e collant, à frente da TV na sala dos pais, as chacretes do *Cassino do Chacrinha*.

Chamava-se Marieta, tinha quarenta e três anos e se supunha uma alma solidária, até caridosa. Nunca fora alheia às injustiças do mundo, considerava. Entretanto, apesar de se solidarizar com os menos favorecidos, tal sentimento ia como vinha, logo se esvaía nas comezinhas do próprio umbigo. E durava muito menos se o ato de generosidade a que tivesse de se devotar lhe demandasse em demasiado. Também a agradava ser vista como uma mulher generosa, que ia em auxílio da gente paupérrima, porém, até certo ponto.

Socorria circunstancialmente pobres almas em situação de rua que apareciam pelo quarteirão em que morava. Ajudava alguns com dinheiro, alimentos, refeições eventuais. E só. Não se envolvia mais que isso. Uma vez até questionou um senhor que àquelas bandas aparecera de repente por que estava na rua. Num arroubo de humanidade, tentou ajudar, contatou alguns conhecidos para saber onde o homem poderia arranjar abrigo, receber assistência social e pública, sei lá o que mais. Não conseguiu informações certeiras e se consolou praticando a autobenevolência, dizendo de si para si que nada podia fazer, que o Estado deveria cuidar daquelas pessoas, e não ela, uma mulher solteira, vulnerável, sem recursos formais e burocráticos para dar conta da miséria de outrem. Além disso, usou como desculpa a velha máxima de que as pessoas estão na rua porque querem. O homem falara que tinha filhos, uma irmã, mas que buscar apoio junto deles não dava, porque havia o cunhado. Ora, o homem tinha onde morar, só não o queria, pois deveria ser mais fácil a liberdade na rua, concluía numa miopia de fazer corar quem ouvisse-lhe os pensamentos. Não alcançava outras conjunturas. Acreditar que alguém estava na rua porque queria e gostava, e ela não dava conta da dimensão, consistia apenas em uma forma conveniente de se apropriar, com muito gosto e orgulho, dos antolhos que lhe tapavam a cara.

Um dia, ao voltar do shopping, Marieta deparou-se, na frente do supermercado de sua rua, com uma jovem sentada à calçada. Ela pedia dinheiro e tinha os filhos a tiracolo: uma menina de menos de três anos e um rapazinho de uns dois meses. Se compadeceu da cena e parou. Crianças eram seu ponto fraco. A utopia de que ser mãe lhe salvaria daquela existência vazia ressoava na alma. Era do preceito de que toda mulher tinha como missão de vida a maternidade, que eram feitas para aquela vivência transformadora e única.

Descobriu que o nome da mãe à calçada era Ana Cláudia e que tinha vinte e um anos. Morava no Jacaré e saía com os filhos a vender balas e chicletes pelas ruas do Méier para pagar os duzentos e cinquenta reais pelo quartinho que alugava na favela. Acontece que ainda faltavam noventa reais para Ana Cláudia pagar o aluguel, e a "dona" não a deixava dormir sem pagar o valor integral até o dia 10. Aquele era um dia 10.

Pensando em ter recompensado o altruísmo por Deus, pegou o dinheiro e deu à moça. Esta agradeceu muitíssimo. Marieta fingiu modéstia, mas bem tinha as bochechas queimando de orgulho de si por tamanho desprendimento humanitário e pelo ato filantrópico que cometera. Foi--se então para casa.

Os dias passaram, e, hora ou outra, Marieta dava com Ana Cláudia e as crianças na rua. Ana Cláudia pedia, e Marieta ajudava. Às vezes, com dinheiro mesmo ou com itens de mercado. Dava roupas e mimos às crianças, menos por caridade do que pela vaidade da gratidão a ela dispensada. Sentia-se, no íntimo, praticamente a Filantropa do Méier. Doía um pouco o coração sim ver aquelas crianças na rua, largadas a toda sorte de perigos, mas principalmente porque achava um desperdício tanta mulher de bem por aí querendo ser mãe e gente como Ana Cláudia parindo dois antes dos vinte e cinco sem ter nem o que dar de comer para os filhos.

O tempo passava, e Marieta via os meninos crescerem. Tulinho, como as duas chamavam o mais novo, já contava sete meses, interagia, reconhecia Marieta, sorria ao ouvir a voz da benfeitora. O menino tinha os olhos verdes, parecia uma pintura aquele rostinho. Uma raridade! "Mulatinho de olhos verdes!", dizia Marieta às amigas da academia. À menina, Marieta pouco ligava. A Tulinho ela se afeiçoara, afinal, o sonho sempre fora direcionado a um filho menino. E pequenino, para que pudesse brincar, gargalhar e criar a seu jeito com caprichos, como um reizinho.

Continuou contribuindo com o aluguel do quartinho da pequena família. Mas começou a ficar incomodada com os pedidos de Ana Cláudia, que sempre queria mais e mais, solicitando quantias mais altas para completar o aluguel. Houve meses seguidos em que Marieta pagou o valor integral do aluguel... Enfim, aquela caridade estava se tornando um pouco além para os limites de Marieta... E até abusiva, uma amiga da aula de dança disse. Virava e mexia, se via pensando: "São todos iguais, a gente dá a mão, e querem logo o braço, uma ajuda, e se acomodam, querem mais e mais. É preciso ensinar a pescar e não dar o peixe, como dizia meu pai". Decidiu: "Vou dar um gelo nessazinha, e ela vai voltar pro lugar dela".

Passou a evitar Ana Cláudia. Contudo, ficara saudosa de Tulinho... Cedeu. Retomou as relações, tendo atenção sempre em mudar os caminhos lá pelo dia 10... Para evitar a história do aluguel.

Certo dia, Marieta, com os humores atravessados e a cabeça avoada por uma desfeita que sofrera da caixa do supermercado, cruzou com Ana Cláudia. A mãe estava sem a garotinha, apenas com o menino. Marieta estranhou e assuntou. Ana Cláudia explicou que deixara Cristiane com a mulher do pastor, que cuidava dela e a levava para a escola da igreja na comunidade. Achou aquilo esquisito, desconfiou e supôs: "Essa aí vendeu foi a filha". Deu os vinte reais que tinha na carteira, entregou um brinquedinho que comprara na loja de bugigangas para Tulinho e foi-se, preocupada que, em próxima ocasião, Ana Cláudia aparecesse também sem o menino.

Noutro dia, ao sair de casa, atrasada para a aula de dança, passavam das seis da tarde, deu com Ana Cláudia. "Dia 10", pensou Marieta. E, com um rosário de lamentações, Ana Cláudia vinha mais uma vez pedir o valor integral do aluguel do quartinho. Não conseguira nada naquele mês porque machucara o pé e não pudera trabalhar vendendo as balas. Estava novamente sem Cristiane.

Sem nada na carteira e nem de reserva em casa, àquela hora, Marieta não conseguia mais sacar dinheiro no caixa do banco. Ana Cláudia sugeriu um caixa 24 horas. Marieta achou audácia, disse que não poderia ir até lá, estava atrasada.

— E amanhã de manhã, tia? Você consegue?

— Amanhã de manhã, estou enrolada...

— É que, se eu não levar o dinheiro hoje, a mulher não me deixa entrar. E eu vou precisar dormir na rua com ele. E eu tenho medo de que, de madrugada, me tirem ele. O taxista ali do ponto disse que, se eu fosse com ele, me dava dinheiro, mas eu não quero, tia, não faço programa.

— Ana Cláudia — disse Marieta, subindo um pouco o tom —, eu não posso ter essa responsabilidade de cuidar de você. Você procurou a assistência social do seu bairro? O que eles disseram? Você tem direitos... Pode ter auxílio para você e pro Tulinho. Pr'essas crianças! E, falando nisso, cadê a menina? Cadê o pai deles?

— Tia, na última operação lá na favela, mataram o pai deles. Disseram que tava envolvido no movimento.

— Mas por que você ainda não deu entrada nos auxílios?

— Ah, tia, é que, é que... Eu tô devendo.

— Tá devendo o quê, Ana Cláudia? Eu sei que deve o dinheiro do aluguel, tá devendo mais? Me diz, é droga? Você não se droga do lado do Tulinho não, né, garota?

— Cana, tia. A minha identidade é de criança, pra pedir auxílio, preciso tirar carteira nova. Se eu for tirar documento, eles me pegam porque eu tô devendo.

— Cadeia por quê, Ana Cláudia?

— Disseram que eu também participava.

— E, Ana Cláudia, você nunca pensou em me dizer isso?

— Vergonha, tia.

— Pois bem, infelizmente, hoje eu não tenho como te ajudar. — Marieta ficou aviltada com aquilo tudo. A garota queria se furtar de pagar ao Estado e à sociedade as consequências do que tinha escolhido para si. Além disso, ela poderia ficar com a criança em casa, cumprir a pena em regime domiciliar. A mulher do Cabral não conseguira? Iam dar uma tornozeleira eletrônica, ela ia ficar com os filhos em casa e ainda ter direito aos benefícios. Quer arranjo melhor? Não, nem isso elas querem se dar o trabalho. Gostam de viver assim... Na marginalidade. Isso é índole, pensou Marieta.

— Mas, tia, se eu não tiver dinheiro do aluguel, vou ficar na rua hoje. Tenho medo, levam ele de mim. Tia, você fica com ele esta noite? Eu volto amanhã pra pegar e tento conseguir o dinheiro vendendo bala até mais tarde, durmo num lugar que tem lá perto da linha do trem, fica mais fácil sem o menino.

Ao ouvir tal proposta, a mente de Marieta trabalhou rápido. "É minha chance, ganhei meu filho. Nunca mais vai voltar para buscar essa criança. Disse que fica mais fácil sem o menino, que desnaturada. Depois eu vejo como resolver para adotar na Justiça. Quem irá contra uma mulher caridosa que acreditou numa degenerada e acolheu o menino como seu por pura bondade, enquanto a mãe desnaturada nunca mais voltou para buscar?" No entanto, dissimulou um pouco para sentir melhor o terreno.

— Ana Cláudia, você volta mesmo? Só posso ficar com Tulinho uma noite. Nada mais.

— Volto sim, tia. Não largo meus meninos não, amo eles.

— Está bem, só por hoje. Me dê o menino.

Ana Cláudia titubeou, os olhinhos brilharam de lágrimas. No fundo, via aquilo como um pequeno sacrifício, entre tantos outros a que estava acostumada, apenas para o menino passar bem a noite. Não se tratava da primeira vez que precisava se afastar dos filhos para que todos tivessem a chance de sobreviver. A Cris estava bem com a mulher do pastor. Tinha comida, vivia de banho tomado e roupinha bonita. Assim que pudesse, ia voltar pela menina. Por ora, não dava conta dos dois filhos. Agora, nem de Tulinho.

— Até amanhã, então, Ana Cláudia — disse, despachando a garota.

— Até amanhã, tia. — Ana Cláudia deu um beijinho no menino, um cheirinho na cabeça e esperou os dois entrarem no prédio.

Marieta chegou em casa extasiada: a casa que agora ia ser dele também, Tulinho, seu menino, seu. Todo seu.

Arranjou um cantinho com o que deu para Tulinho dormir, tinha umas roupinhas que justamente comprara para dar a ele no Dia das Crianças. Preparou uma sopinha reforçada, com músculo e macarrãozinho. Depois, uma bananinha amassada. Embalou o menino nos braços até que pegasse no sono. Passou parte da noite a velar aquele soninho.

Porém, o que aconteceu no dia seguinte, Marieta não esperava. Ana Cláudia voltou, como prometera. Viera pelo menino. Mandou o porteiro chamar Marieta pelo interfone. Marieta mandou dizer que não estava. Ana Cláudia montou plantão na calçada, do outro lado da rua. Marieta observava pela janela, esperando que a outra cansasse e seguisse rumo em definitivo.

Ana Cláudia ficou de tocaia mais dois dias. Entendeu com clareza o que acontecia e se desesperou; percebeu que a mulher não ia devolver o seu filho. Então, mandou recado pelo porteiro, dizendo que ia fazer escândalo, que ia chamar a polícia. Mesmo que ela fosse presa, o garoto não ia ficar com aquela traíra roubadora de filho dos outros.

João, o porteiro do dia, a par do que acontecia e apreensivo, tentou convencer Ana Cláudia a ir embora. Que o menino ficaria melhor ali com a dona Marieta. Se ele concordava? Não! Mas podia fazer o quê? Era madame; e ele, o empregado. Que se acalmasse, Ana Cláudia. Podia ter outros filhos no futuro...

Dentro do apartamento, o desespero de Marieta crescia. O que ia fazer? Abrir mão do menino, tão amparado ali com ela, para a sarjeta da rua e para o colo daquela garota desnaturada estava fora de cogitação.

A situação chegou ao limite quando, num fim de tarde, Ana Cláudia armou um escarcéu e passou quase hora gritando impropérios na frente do prédio. As pessoas que passavam consideravam aquela cena normal, não sabiam do contexto... Criam: mais uma mulher em situação de rua bêbada e berrando as dores da loucura. No entanto, João entendia o que estava acontecendo. E pensava: E vou fazer o quê? Capaz de acabar demitido...

Por aquele dia, Ana Cláudia deu-se por vencida e acabou indo dormir perto do trilho do trem. Marieta sentiu alívio. No entanto, sabia que a situação tinha potencial de ganhar escala e de ela se complicar. Porém, logo foi cuidar de Tulinho, e, com o menino nos braços, o temor aquiesceu.

Passaram o dia seguinte tranquilos em casa, Tulinho e sua nova mamãe. Marieta na rua não foi. Pediu tudo por delivery. Precisava esperar a poeira baixar, ter certeza de que Ana Cláudia desistira de vez. Ah, aquele dia... Tulinho esperto, mimoso, aqueles olhos verdes a conquistavam mais e mais. Um bibelô. E que arguto! Que harmonia ganhava aquela casa com a presença e os sons do menino. Marieta, em sua vocação inata, se apropriava mais e mais da maternidade de Tulinho.

Para espanto da nova mãe, ao fim do dia, Ana Cláudia apareceu na porta do prédio. Marieta entendeu de vez que precisava dar um jeito na situação. Programou os próximos passos.

Caiu a noite, e Marieta esperou que as luzes do prédio diminuíssem. Foi à portaria e conferiu o *status* de seu Jorge, porteiro da madrugada. O homem normalmente mais roncava do que vigiava. Quando desceu à portaria novamente à meia-

-noite, João dormia a sono solto. Marieta, então, desconectou o cabo de energia da câmera da saída da garagem, desligou o alarme, saiu com o carro e parou na calçada em frente a Ana Cláudia. No banco detrás, enrolado em mantas, Tulinho parecia dormir. Marieta abriu o vidro do carro e disse:

— Ana Cláudia, vou entregar teu filho. E eu NUNCA mais quero ver vocês na minha porta. Esta é a condição. Nunca mais, ouviu?

— Tá bem, tia, me dá meu menino.

— Aqui não, vamos para outro lugar. Entra no carro. O menino está dormindo, e não quero que o choro dele acorde a vizinhança.

Ana Cláudia entrou.

Ali perto havia, ao lado de uma escola municipal, uma praça meio abandonada. Marieta dirigiu até lá. Estacionou, mandou Ana Cláudia descer do carro.

— Tia, só saio com o menino.

— Anda, Ana Cláudia. Eu vou sair e pegar o menino pra te dar.

As duas saíram do carro. Marieta abriu a porta do banco detrás e pegou o pacotinho. Ana Cláudia estendeu os braços, recebeu e estranhou o volume. Se deu conta de que a mulher não ia nada lhe entregar o filho. Tirou os panos, e o que estava enrolado, uma almofada.

— Cadê meu filho? Me dá meu filho! — Ana Cláudia jogou o embrulho falso de Tulinho no chão e partiu para cima de Marieta.

De seu lado do ringue, Marieta não se sobressaltara. O plano já estava traçado. Pegou a arma antiga do pai que atara à cintura pela calça jeans e correu ao encontro de Ana Cláudia. Numa luta corporal, Ana Cláudia tirou a arma da mão de Marieta e apontou.

— Tá descarregada, garota, era só pra te dar um susto — falou Marieta, dando uma gargalhada nervosa e, em seguida, chutando Ana Cláudia no ventre.

A garota caiu no chão atordoada. Marieta levantou-se, pegou a mantinha que emulava Tulinho e foi na direção de Ana Cláudia. Sufocou a garota até que o corpo parasse de relutar e as pernas cessassem de remexer.

Agachada ainda em torno do corpo de Ana Cláudia, Marieta limpou a boca espumada e a cara enlameada de suor do esforço corporal. Estendeu a mantinha de Tulinho na cara de Ana Cláudia, catou as chaves do automóvel na terra da praça e voltou para o carro. Ana Cláudia morta, ocultada pela manta que enrolava o falso Tulinho de almofada.

Marieta dirigiu até em casa. Checou se o vigia ainda dormia. Religou a energia das câmeras da garagem e do único elevador.

Ao chegar ao apartamento, o alívio. Graças à fórmula, e tão acostumado a descansar sob qualquer circunstância, Tulinho dormia como um anjinho entre o ninho que Marieta fizera para ele rodeado de almofadas. Deitou-se ao lado do seu filhinho e adormeceu o sono das mães exaustas da lida, porém zelosas.

No dia seguinte, Marieta acordou com o barulho insistente da campainha. Perguntou quem era.

— É a polícia!

Abriu.

— Senhora Marieta de Allencastro, a senhora está presa por sequestro de menor e suspeita de assassinato. Venha conosco, por favor.

À calçada do prédio, o porteiro e o vigia observaram Marieta, ainda de camisola, ser conduzida algemada pela polícia. Naquele momento, Jorge comentou com João:

— É, o mal do malandro é achar que todo mundo é otário.

João respondeu:

— É... Bora pra lida, bora trabalhar.

No fim, Tulinho fora admitido no sistema.

Já Marieta, condenada. Cumpre pena no presídio de Benfica.

E sobre Cristiane, não se sabe.

FILHINHO DA MAMÃE

A casa despertava curiosidade no bairro, assim como os hábitos dos que nela residiam. Porém, nada de extraordinário... Mãe e filho, ela com mais de sessenta e ele com menos de trinta, moravam ali desde sempre, os vizinhos mais antigos contavam, e a situação não tinha exatamente *status* de novidade. As crianças cochichavam, punham medo umas nas outras, misturando o que se sabia a lendas urbanas em moda ocasional. Isso também passava, mas não sem adicionar à cosmogonia da casa um ou outro acessório. É verdade que, de tempos em tempos, surgiam boatos, gente nova se mudava para a localidade e assuntava. Como ninguém descobria nada, a tônica caía no cotidiano. Foi assim até a chegada de Margarida.

A casa

De fachada malcuidada e coberta por emaranhados de hera, podada apenas pela ação do vento e do tempo, a casa velha não tinha nem numeração. Chamavam-na apenas de O Casarão da Canavieiras, em menção à rua do Grajaú em que ficava. E, para além do portão cerrado feito de placas de metal, já enferrujado, à época, não se tinha conhecimento, sem que fosse supositivo, da composição interna, muito menos de pormenores sobre o passado da mãe e do filho. O que se sabe hoje veio à tona depois de Margarida entrar em cena e, principalmente, quando houve vazamento do inquérito. Contribuiu a série de matérias sensacionalistas de Jota Junior no antigo jornal "espreme e sai sangue" *O Povo*, nas quais o "jornalista investigativo" relatou em minúcias (especula-se se quase todas verídicas) a história e a dinâmica de mãe e filho.

A mãe

Acontece que, apesar de estranhos e de terem costumes peculiares, mãe e filho tinham ares inofensivos. Eram de pouca palavra. Alguns bom-dia e boa-noite quando cruzavam com vizinhos, mas breves, nada de contato visual. Não eram gestos grosseiros mas sim calculados, contidos, o suficiente para não serem percebidos como mal-educados, e o agravo despertar ainda mais atenção para os dois, e nem abrir brecha para aproximações.

Há mais de década, a mãe não saía da casa durante o dia. Não era vista no mercadinho do bairro, na padaria, no ponto de ônibus... Todas as compras, encomendadas por telefone (isso se sabia pelos vendedores locais). Os entregadores tocavam a campainha e depositavam as sacolas no chão, à frente de uma portinhola, talhada na parte inferior do portão, semelhante a uma entradinha de cachorro — parecia feita de forma meio improvisada para servir a esta finalidade de recebimento das compras. Ao chamado, apenas uma mão surgia pela abertura para arrastar o conteúdo casa adentro: víveres ou o que mais lá houvesse. Depois, ouvia-se o som do cadeado cerrando a portinhola por dentro.

No entanto, a mãe deambulava pelo bairro nas madrugadas, nunca antes de uma hora da manhã. Trazia sempre um saco preto de lixo gigante. O conteúdo? Inexato, mas suspeito, pois viam-na chafurdando itens descartados à porta das casas, pelas esquinas.

As roupas da mulher não eram esfarrapadas, tampouco pareciam novas, ou cuidadas com asseio. Talvez fosse apenas efeito da pouca luminosidade. Mas dava para notar que usava as peças sobrepostas — casacos na cintura, blusas de manga por baixo de camisetas, shorts com calças por baixo, meias completando o conjunto... — e, não raro, um lenço desordenado à cabeleira, aliás, branca, vasta, comprida, com fios que lhe caíam pela cara, o que dificultava o escrutínio de quem tivesse a indiscrição de olhar por um pouco mais de tempo para saciar a curiosidade.

O resultado do conjunto era um tanto assustador e, no calar da madrugada, dava apego à fé aos mais afeitos às forças sobrenaturais e lastro à imaginação aos mais temerosos às do submundo.

O filho

Já o filho, este sim saía eventualmente de dia, e muito ao cair da noite. Vestia-se com roupas que mais pareciam herdadas de um pai defunto. Ternos pretos, cinza e até azul-marinho. Ornava a composição um chapéu estilo Fedora preto. Tinha sempre um livro debaixo do braço, o que causava uma espécie de apaziguamento de alma nos vizinhos sobre a sua figura, afinal, lia. O livro era um elemento subliminar que aterrava aquela estranheza da mãe e do filho a certa realidade.

Não aparentava trabalhar, e nem se podia atinar por que cantos andava. Como não causava confusão nem sobressaltos à vizinhança, desfrutava da tolerância da gente adjacente, que tinha os próprios problemas com os quais se preocupar no fim das contas. A vida seguia. Isso, até Margarida chegar.

Margarida

Tinha quarenta e dois anos e era dona de casa. Margarida e Márcio, o marido, se mudaram para a Rua Canavieiras num sábado, começo de inverno, época da floração de ipês. A paisagem multicolorida enchia a rua de uma alegriazinha bucólica, a calçada salpicada de florezinhas... Tamarindos abundantes pelo chão, caídos das árvores; dava até para catar e fazer doce, Margarida cogitou. As casas eram simpáticas, as entradas dos portões limpas e organizadas. Praticamente um idílio na Zona Norte. Uma atmosfera familiar, de ordem e de respeito; ali moravam cidadãos de bem, e ela era uma entre eles, avalizou.

Tratava-se da primeira residência própria dos Botelho, pequena, financiada em trinta anos pela Caixa Econômica, onde, diga-se de passagem, Márcio cumpria expediente como funcionário público. O marido não tinha um cargo expressivo, e a pouca ambição não o impulsionava a mais.

Os dois viviam bem no cômpito geral. A rotina era a rotina: cheiro de café coado pela manhã, pão com manteiga, presunto e queijo, beijo edipiano de despedida no rosto com um "Tchau, filha" e, em resposta, "Bom dia de trabalho, pai". De noite, feijão no fogo — sempre fresco, que Márcio só comia feijão temperado no dia. De sobremesa, fruta. Depois, noticiário e novela a poltronas contíguas. Antes das nove da noite, Márcio já se punha em pantufas. Beijava a testa de Margarida e ia se deitar.

Margarida sentia certa ansiedade para que esse momento chegasse logo, e, para a sorte dela, o marido dormia cedo. Ela então entrava a madrugada assistindo às suas séries preferidas, as de *true crime*.

Sempre fora fã histórias de suspense, crime e investigações policiais. Quando mais jovem, na adolescência, esperava excitada pelos filmes do *Corujão*. Depois, pulou para as séries estadunidenses de investigação criminal. Em seguida, evoluiu para as de canais fechados, dubladas e transmitidas aqui com mais de uma década de atraso, sobre madrastas terríveis, mulheres predadoras que roubavam de homens carentes, estelionatários e golpistas e, claro, assassinos em série.

Aprendeu muito: uso de Luminol, técnicas (rasteiras, claro) de mapeamento de perfis de assassinos de oportunidade, de interesse ou de psicopatas, formas de acobertar (pelo menos temporariamente) crimes. Porém, foi na pandemia, e com o *boom* de séries de *true crime* nos *streamings*, que a coisa virou mais do que entretenimento, tornou-se um estilo de vida para Margarida.

O marido repelia tudo que remetesse a crime, sangue, cadáveres. Embora admirador de qualquer coisa relacionada ao universo militar, à guerra, tinha medo de armas, especialmente de fogo. Até faca de pão o punha em arrepios. Não podia ouvir um pipoco de fogos de artifícios que ficava em alerta. Não acendia nem a brasa para o churrasquinho de domingo a fim de evitar a proximidade com o fogo ou com os espetos ou com algo capaz de minimamente atingir sua integridade física. Aliás, cabia a Margarida tal atividade. Ela quem conduzia toda a liturgia e fazia as vezes de churrasqueira nos fins de semana em que queimavam uma carninha — e frise-se, adorava tal empreendimento. Executava os cortes e preparava com esmero corpinho a corpinho de animal que teria como destino a grelha. Entretinha-se a valer vendo o esturricar das carnes que assavam e, depois, destrinchava os bichos meticulosamente para se deleitar em suas suculências. Chupava cada ossinho de galinha, quebrando-os com os dentes para sorver de dentro deles o conteúdo gelatinoso e rico em nutrientes (ela costumava repetir ao marido o valor nutricional das partes) até deixá-los ocos. Márcio não conseguia nem olhar, dava-lhe ânsias aquela chupação.

Quando se mudaram para o Grajaú, Margarida já se considerava experiente e versada em técnicas de investigação criminais diversas. Participava de fóruns na internet, grupos de WhatsApp que comentavam e especulavam sobre crimes recentes na cidade, que vazavam falsos laudos e inquéritos policiais. Tentou até um curso por correspondência para obter oficialmente o título de investigadora. O marido achou demais e a proibiu veementemente, que, afinal, tinha limite a sua passividade e alheidade sobre o que a mulher fazia da vida. Só o que lhe faltava, a mulher metida em delegacias, saindo à noite para averiguações.

Assim, a Margarida desenvolveu o hábito de criar missões próprias, pequenas investigações a respeito de situações com as quais cismava em relação aos vizinhos. O casal já precisara se mudar duas vezes por engodos com gente assobradada devido às xeretices e "inquirições" de Margarida. O marido a alertara para que tomasse tento, ali, a casa era própria, não podiam mais mudar com facilidade. E que ela, por caridade, tratasse de amainar os "instintos" de Sherlock Holmes para não gerar desavenças pelo bairro.

Em suma, naquela manhã na qual chegaram ao Grajaú, tudo trouxe contentamento ao espírito de Margarida, suscitou nela uma felicidade lugar-comum. Exceto uma coisa, a casa sem número na quase esquina da Canavieiras com a Itabaiana em que moravam a mãe e o filho. Aquilo aguçou logo o "faro" de Margarida, mas, metida com os afazeres imediatos para tornar o lugar lar, não teve tempo para olhar muito para fora da própria casa durante os dois primeiros meses de domicílio. Quando o tédio da rotina a alcançou novamente com o estabelecer da nova morada, voltou-se a prestar mais atenção e a se interessar pelo Casarão e seus ocupantes.

Passou a acompanhar os hábitos, fazia anotações de horários de saída e de entrada de mãe e filho. Ficava de binóculo na janela, observando, e registrava o que dali alcançava sobre o volume e a frequência das entregas de compras. Ao passear com o cachorro, se demorava mais à frente do Casarão para tentar ver ou ouvir qualquer indiscrição que escapasse.

E fez mais: adulou os funcionários dos Correios com bolos e quitutes, oferecia cafezinho, tudo para ficar íntima e perguntar sobre correspondência, descobrir nomes e sobrenomes. Não adiantou, carta não chegava ali, nem compras por correio. As contas, como de luz, gás e água, vinham em nome de um tal José Freitas. Como pesquisar na internet um nome assim tão comum e indistinto? Rondou os comerciantes das vendas locais que entregavam as encomendas. Nada, apenas pediam por telefone, a mãe ou o filho, e pagavam em dinheiro.

Aquela nulidade de informação aperreava Margarida, que ficava cada vez mais intrigada e de curiosidade atiçada. Por oito meses, acompanhou a rotina e, por dois outros, ruminou o plano.

Então, o dia chegou: aproveitaria que o marido dormiria fora naquela noite, ia enterrar uma tia distante em outro município. A oportunidade perfeita, afinal, só estava aguardando a ocasião adequada para colocar o plano em andamento. Ela iria entrar no Casarão.

A revelação

Com o marido ausente, Margarida se dedicaria à tarefa com menos uma preocupação: o homem acordar e ela ter de dar explicações sobre não estar em casa de madrugada. Esperou passar da uma da manhã e, quando viu a luz interna do Casarão se apagar, saiu de casa. Se certificou de que não havia nenhum vizinho à rua nem às janelas e, se esgueirando de árvore em árvore, alcançou o portão de metal coberto por heras. Com uma chave-mestre que comprara por correspondência na *deep web* para esta finalidade única, girou bem devagar a fechadura, evitando barulho. O portão se abriu. Deu uma última olhada ao redor e transpôs adentro os limites do Casarão.

O primeiro impacto foi com o quintal. Não dava para ver muito bem, mas, apesar de pouca, a luz da rua era suficiente, embora desse um ar ainda mais macabro à cena, o que fez percorrer pela espinha de Margarida um arrepio, menos por espanto, mais por excitação. Compreendeu para onde iam as bugigangas que a velha catava pela rua. O lugar, tomado por tralhas: pedaços retorcidos de metal, objetos de plástico desencontrados, uma sujeira nunca vista por ela em matéria real, apenas naqueles programas de TV a cabo sobre acumuladores.

Avançou, deu a volta na casa, que ficava no centro do terreno, identificou a porta dos fundos. Viu também um cômodo de janela pequena na parte detrás do quintal que parecia um quartinho. Contornou o terreno e avistou uma escadinha de quatro degraus em declive e uma porta de madeira que davam acesso ao subsolo da casa. Estava trancada, mas Margarida tinha a sua chave-mestre. Entrou e, com a porta fechada atrás de si, arriscou sacar a lanterna, e o que vira dera a ela a sensação de "arrá!". Sabia que ali tinha coisa!, deliciou-se.

Havia muitas prateleiras com livros de anatomia e cadernos catalogados. Estavam enfileirados também uns potes de vidro, como os de conserva, que... pareciam aqueles de laboratórios com animais mortos dentro? Não dava para distinguir. Ia se aproximar para examinar, mas, por ora, deteve os olhos à mesa. Mais cadernos com anotações, marcações diversas e esquemas elaborados a caneta... Planos? Ainda, outro tomo que parecia ser uma espécie de inventário. Nele havia informações como idade e características físicas de pessoas, alguns desenhos ilustrativos, escritos em... código?

Na mesa havia também uma caixa de ferramentas. Dentro, uma máquina de furar, serrotes, serrinhas menores, facas e objetos médicos e cirúrgicos: um bisturi, e uma... serra cirúrgica? Começou a ficar realmente amedrontada.

Aproximou-se das prateleiras, que iam do chão quase ao teto, e, jogando a luz da lanterna na direção dos potes perfilados, constatou que não eram animais no formol, mas sim pedaços de gente: orelhas, dedos das mãos ainda adornados com anéis, um olho, uma língua, ossos... e, MINHA VIRGEM MÃE NOSSA SENHORA, um pedaço de algo que parecia... Meu Deus do Céu... um escalpo com cabelos? Ficou nervosa e tropeçou, se escorou e derrubou alguns livros. Foi, então, que notou, depois das prateleiras, uma espécie de cômodo anexo, com porta gradeada, como uma cela. Empurrou as grades e entrou no espaço, que não devia ter mais de dez metros quadrados e contava com uma maca metálica de hospital e correntes presas à parede. Sacou o Luminol que tinha consigo, comprado pelo Mercado Livre, e o que viu ao redor quase a fez vomitar: por todos os cantos havia rastro de sangue.

Um estalo a mandou sair correndo dali. Talvez o marido tivesse razão, aquilo ia por longe demais. Virou-se espavorida, subiu as escadas e chegou ao quintal. Curvou-se, apoiando as mãos nos joelhos, para tomar fôlego. Recompôs-se.

Meio desarvorada, ainda de esgueira, mas decidida a sair dali o mais rápido possível, antes de alcançar o contorno da edificação rumo à frente do quintal, estancou ao ouvir as vozes de mãe e filho. O filho parecia chegar da rua, e a mãe o recebia:

— É você?

— Sim, mãe.

— E como foi?

— Foi a melhor.

— Por quê? O que esta tinha de diferente? — perguntou a mãe, Lúcia.

— Ela tinha olhos como os seus, de um azul-opala.

— E o que isso quer dizer, Jonas?

— Que eu matei pensando que era você — Jonas disse e rumou para o quartinho que ocupava, pelo lado oposto de onde se escondia a investigadora amadora.

Margarida prendeu a respiração. Ao constatar que Jonas fora pelo lado oposto ao seu, tentou controlar a tremedeira das pernas. Diante daquele diálogo e do que vira no porão da casa, Lúcia e Jonas eram mesmo psicopatas macabros. Ela estava certa, seu faro não a enganara, nem sua intuição a traíra.

Precisava sair logo da casa, antes que ela mesma fosse a próxima vítima. Ia esperar a velha entrar e chispar. Porém, Lúcia ficou ali por mais alguns segundos, entre assustada e morbidamente orgulhosa com o que ouvira do filho.

— Afinal, tem seus brios então... E não é como o pai, aquele borra-botas — Lúcia murmurou entredentes, crendo-se apenas na companhia dos próprios botões.

No entanto, ela não estava só. Margarida, escondida, trêmula entre medo e adrenalina, enganchou o pé num entulho, fez barulho demais. Lúcia farejou e a encontrou.

O que seguiu foi tudo confusão. Margarida diz que Lúcia veio para cima dela com um vergalhão. Ela agarrou o que tinha em volta, um pedaço de pau jogado ao canto do quintal entre as quinquilharias, mal vira o que pegara. Numa luta corporal, Margarida levou a melhor e atingiu o rosto da outra, que desmaiou. Depois soube-se que Lúcia morreu na hora.

Jonas só ouviu o grito da mãe de longe e chegou já em atraso à cena. Encontrou a mãe caída no chão, a cara ensanguentada. Margarida escapara. Jonas não pensou duas vezes e fugiu.

Já na própria casa, Margarida ligou para a polícia. Discou para o marido, que, injuriado, disse que ia arranjar um jeito de voltar àquela hora mesmo. Os investigadores chegaram. Acharam Lúcia, vasculharam a casa, e, comprovada a morte da mãe, Margarida foi conduzida à delegacia. Mesmo em legítima defesa, tinha matado alguém, afinal. Ia responder pela sua bisbilhotice, e caro.

Nos dias seguintes ao crime, ninguém achou o filho. Aliás, o filho não foi encontrado nunca mais. Aquele seria um inquérito longo, tamanha a quantidade de material humano e provas que se descobriu na casa. Ia demorar um bom tempo para a perícia analisar DNA, cruzar os materiais genéticos com inquéritos de mulheres desaparecidas. Calcula-se que quarenta e cinco mulheres tenham sido assassinadas por mãe e filho ao longo de dez anos.

Ah, descobriram também que a tal cela na espécie de porão serviu de cativeiro a, pelo menos, cinco vítimas. É que o *modus operandi* da dupla, pelo que se apurou na investigação, era em campo. Jonas ia à cata das presas. Mas, de vez em quando, atraía algumas para o covil. Dessas cativas, cuidava Lúcia mesmo. Era como levar um doce à mãe da padaria no caminho para casa. Uma mimo eventual para aplacar o sadismo da velha.

Como atuaram sem serem encontrados por tanto tempo? Lúcia Malta, aposentada naqueles dias em que estouraram o Casarão, trabalhara na Polícia Civil por trinta anos. Primeiro, lotada na 9ª DP, delegacia da Rua Pedro Américo, no Catete. Depois, no Instituto de Criminalística Carlos Éboli. Experiência e técnica possibilitaram que orientasse o filho a executar os assassinatos e a movimentar-se pela cena de seus crimes sem deixar rastro, confundindo as pistas que porventura pudessem posteriormente ser encontradas pela polícia.

Além do porão, analisaram os demais cômodos do Casarão e o quartinho de Jonas ao fundo do quintal. A casa abrigava uma mixórdia inacreditável. Papéis por todos os cantos, sujeira, objetos acumulados e sobrepostos aos montes. Já no quarto de Jonas, um ambiente espartano. Uma cama de solteiro tendo por companheira uma mesinha de cabeceira, uma escrivaninha, em cima da qual havia um laptop, e um armário sem portas com aquela indumentária de estilo peculiar característica a Jonas.

Depois de semanas para que a perícia analisasse todos os materiais em busca de pistas válidas e provas, demorou ainda mais outro mês para a empresa de limpeza dar conta do imprestável que sobrara.

A casa, então, fora a leilão, havia dívidas e dívidas de impostos não pagos. No pregão, arrematada por uma ninharia. O novo comprador fez obras, a colocou novinha, porém reforma alguma é capaz de apagar o passado macabro daquele lugar.

* * *

[N. A.] A quem interessar possa, afinal, o turismo macabro anda muito em voga nos últimos tempos. A casa em que mãe e filho habitavam ainda está lá, Rua Canavieiras, Grajaú. De fato, reformada, mas é possível identificar. Agora tem até numeração, 602 F, coincidentemente os mesmos números e letra que compõem o CID de psicopatia ao contrário, praticamente uma troça zombeteira dos deuses do destino, que maquinam o mundo.

Atualmente lá funciona uma clínica de fama controversa e eficácia duvidosa para o tratamento de pessoas com vício em drogas e doenças psiquiátricas.

Dizem que, à noite, um espírito ronda os quartos. Quem já viu a figura relata que tem o pescoço degolado, cabeça pendente, e que, por onde passa, deixa um rastro de areia de praia. Quando some, resta do fantasma um cheiro de maresia, e uma sensação de solidão e desamparo oprime a atmosfera.

[uma nota final]

Da água que bebi e que me trouxe à construção deste livro estão, sim, muitos autores e artistas homens dos panoramas nacional e internacional. Na literatura brasileira, cito alguns em ordem "canônica" de tempo: Gregório de Matos, Machado de Assis, Lima Barreto, João do Rio, Nelson Rodrigues, Rubem Fonseca, Luiz Alfredo Garcia-Roza, Alberto Mussa, Geovane Martins... Já na estrangeira, Allan Poe, Gustave Flaubert, Stendhal, Dostoiévski, Julio Cortázar, Jorge Luis Borges, Mario Vargas Llosa, Fernando Aramburu, Domenico Starnone...

Se me inspiraram, claro, não os odeio, entendam. Pelo contrário. Porém os tocaio, os tocaio sim! E gostaria de trocar todos os seus nomes — se não todos, a maioria, vai, por maior representatividade — pelo de mulheres.

O que digo — e é sabido — é que o cânone foi e é (e será por um bom tempo, apesar de nossos esforços) majoritariamente composto por homens — e um *certo tipo* de homem.

Isso se dá por inúmeros motivos. No que tange à representatividade da mulher, essas razões estão conexas ao machismo e à estrutura patriarcal.

Às mulheres, na longa linha do tempo, foram ou negados o direito à alfabetização, leitura e escrita ou impostos algum tipo de interdito à produção escrita em relação aos homens. Ao longo da história, fomos (e ainda estamos) relegadas ao papel de propriedade, servil, de acossável, de "do lar", de cuidadora, de mãe, ou a todos eles ao mesmo tempo, tentando ganhar o pão como mães solo... Isso nos impossibilita desde sempre a escrita em pé de igualdade. A falta de possibilidade, de acesso e de estímulo nos impediram e impedem, por vezes, de ter a audácia de tentar. Sem falar na inoportunidade ao tempo da escrita em meio ao mundo patriarcal "antigo" e também moderno (por questões distintas, mas similarmente ofuscantes) e de um mercado que antes nem nos cogitava e hoje nem sempre prioriza ou oportuniza a nossa publicação... A lista vai longe.

Por outro lado, os homens, desde que se tem notícia de produção literária, conseguem escrever, e escrever, e escrever; e ser bem-sucedidos, bem-sucedidos e bem-sucedidos, e laureados e laureados, atravessando séculos e séculos de glória e canonicência — ainda que detentores de uma ilustre penca de filhos, afinal, havia mulheres de casa para lidar com o incômodo e permitir aos *gênios* criar. Esse privilégio não foi dado a nós, mulheres, pela história. E ainda não o é em integralidade.

E, nesse processo de detenção da escrita pelo homem ao longo da história, a eles coube também escrever a NÓS, escrever sobre nós mulheres irrestritamente, nossas supostas vivências, sensações, mentes e corações — e sob as perspectivas privilegiadas deles. Não só nos foi tirado o direito à nossa escrita como nossas vivências foram "representadas" por eles. Um trecho de *Um teto todo seu* de Virginia Woolf toca em mim profundamente nesse sentido e ilustra bem o que afirmo acima diante da trajetória literária ocidental: "Vocês têm ideia de quantos livros são escritos pelas mulheres no decorrer de um ano? Vocês têm ideia de quantos deles são escritos por homens? Têm consciência de que somos provavelmente o animal mais discutido do universo?".

Especificamente na literatura de conto e prosa *flânerie*, que tem como ponto de partida e ambiente de conflito as ruas, a presença de mulheres é menos frequente no mundo e ainda mais aqui, no Brasil — e, marcadamente, a que pratico nesta obra, relacionada ao espaço urbano do Rio de Janeiro e às dinâmicas cariocas.

Por um lado há de fato uma produção reduzida em relação aos homens, por outro não há projeção das obras brasileiras contemporâneas que têm essa perspectiva. Ao fazer uma busca no famoso buscador da internet pelos temos "*flânerie* mulher", tal ferramenta me sugere "Você quis dizer: lingerie mulher"— e eu nem sou uma compradora de lingerie exatamente para ter um algoritmo viciado... Também não se encontra abundância de trabalhos acadêmicos sobre a escrita *flâneuse* brasileira. Recentemente, uma obra, com este título mesmo *Flâneuse*: *Mulheres que caminham pela cidade em Paris, Nova York, Tóquio, Veneza e Londres*, de Lauren Elken, foi lançada em língua portuguesa, mas aborda, principalmente, a literatura norte-americana, europeia (ainda que transite por Tóquio, por exemplo).

Isso perpassa impreterivelmente questões socioculturais, já citadas no meu prefácio sobre direito e espaço da mulher à cidade, por ser a rua ambiente quase sempre de trânsito hostil, para dizer o mínimo, às mulheres.

Veja bem, não defendo e nem é o caso de sairmos por aí queimando os cânones, relegando-os, incluindo-os numa espécie de Index Librorum Prohibitorum contemporaneizado, seja em verso, prosa conto ou na *flânerie*. A questão é (ou melhor, o desafio): como reler e interpretar o cânone *hoje*? Parece óbvio, mas nas ruas e na academia ainda há gente que se recusa. Como ler os cânones com perspectivas e vieses atualizados, de modo a ressignificá-los, aprender com eles sobre quais práticas são válidas de perpetuação e sobre quais erros não se deve incorrer, garantindo maior representatividade, incluindo a representatividade feminina interseccional na literatura como um todo e na do gênero *flânerie*?

Não tenho resposta completa e sim uma parcial: que escrevamos, mulheres!

E digo ainda que há esperança e inspiração. E elas nos vêm pelo samba, sempre ele, na vanguarda. Felizmente, não é de hoje que a nossa representação pode ser percebida, embora não na mesma medida que a dos homens, nas letras de algumas compositoras magistrais, que expressam suas vivências na *flânerie* em suas canções (Clementina de Jesus com "Não vadeia", Mart'nália com "Tava por aí", Marina Iris com "Rueira", Dona Ivone Lara com "Se o caminho é meu", Jovelina Pérola Negra com "Luz do repente", para citar superficialmente algumas). Porém, na literatura nacional, nem tanto...

Então, penas em punho, mulheres, cutuquemos o mundo com a nossa palavra.

Após esta reflexão, volto ao começo desta nota derradeira para juntar àqueles escritores algumas mulheres que me inspiram, e que, embora sejam publicadas ou tenham projeção, não tiveram acesso democrático ao espaço canônico. Deixo minha homenagem a elas e a todas as que, apesar das dificuldades, fizeram ecoar suas vozes! Como eu vou! Sem elas, eu não estaria aqui lançando ao mundo a minha escrita.

Na literatura nacional, presto reverência a Nísia Floresta Brasileira Augusta, Maria Firmina dos Reis, Patrícia Galvão (à sua feita uma *flâneuse* também), Maria Carolina de Jesus (uma *flâneuse* à margem, às avessas, de certo modo, sem quaisquer privilégios e cuja cidade era campo de suplício e não de prazer), Adélia Prado, Lygia Fagundes Teles, Elvira Vigna, Conceição Evaristo, Ana Maria Machado, Ana Maria Gonçalves, Luciana Melo, Marta Batalha, Andréa del Fuego, Natalia Timerman, Giovanna Madalosso, Natércia Pontes, Juliana Leite... Na estrangeira, Marguerite Duras, Virginia Woolf, Olga Tokarczuk, Hélène Cixous, Anne Ernaux, Toni Morisson, Maya Angelou, Maryse Condé, Elena Ferrante, Rosa Montero, Chimamanda Ngozi Adichie, Lina Meruane e tantas, tantas e tantas outras que me moveram e mostraram ser possível. Não me comparo a elas! Venho aqui me alistar a seu pelotão. Sou mais uma a serviço de nós.

Ainda, presto reverência e dedico este livro a todas as mulheres cuja escrita foi impossível ou preterida ou apagada pelo machismo, pela misoginia, pelo patriarcado, pelo capitalismo, pelo cânone, sempre branco, hétero, de meia-idade, privilegiado.

Não mais, senhores. Chegou a nossa vez! Agora, meninos levam doce ou salgado, e meninas refri — ou o que elas quiserem. Ou elas nem vão, só porque vão mesmo é aonde e como quiserem.

Marcella Sarubi

[posfácio]

Desde que comecei a acompanhar a vida da Marcella no Instagram, eu morro de inveja do fato de ela morar no Rio. Fico vendo os chopinhos nos bares, ela perto do Theatro Municipal, pulando Carnaval com a família e os amigos, dando rolê com o filho (super estiloso!) por feiras e ruas e vielas e avenidas. Daí, outro dia, vi que, além de revisar como eu, ela estava escrevendo um livro, e a inveja bateu forte aqui de novo. Inveja boa, que existe, sim, que é o sentimento não de que o outro deixe de ter o que tem, mas de que a gente pudesse ter também.

E não é que o livro dela caiu nas minhas mãos, para eu revisar? Eu sabia que ia ser um trampo fácil, porque revisora escreve bem. Nem todas, claro; principalmente, nem todos. Mas a Marcella escreve bem. Ela te faz rir, te faz pensar, te surpreende, te emociona, com estes contos aqui, que tanto contêm banalidades, como brigar por morangos no supermercado (eu já briguei por Coca Zero, é banal, sim, perdão se o/a leitor/a é da paz), quanto apresentam cenas líricas que fazem a gente ficar pensando por dias (outro dia mesmo me peguei no banho decidindo em que romance eu iria dar rolê como Janaína e Gilmar. Ainda, os contos da Marcella nos fazem repensar o que se sabe a respeito de padrão de relacionamentos amorosos (e lá existe isso?) e talvez rever preconceitos com a Sasha (em ano de Olimpíadas, sempre rola a questão do gênero, "*tá na categoria feminina mas é homem*", zzzzzzz, desculpa, dormi aqui de preguiça).

Daí o mais legal é que a inspiração para todas essas histórias veio justamente dos passeios da Marcella pelo Rio (tem até um conto com uma pegada *A mulher da casa abandonada* em versão carioca, amei!). Nas poucas vezes em que fui ao Rio de Janeiro, eu, paulista medrosa e com um certo preconceito, andei segurando a bolsa e morrendo de medo. Com este livro, a Marcella me levou para passear, e eu não tive medo (só das tias reaça da padaria, e talvez da filantropa do Méier). Tenho certeza de que, com os *Contos de amor, desamor, drama e tragédia no Rio de Janeiro*, você também quis dar rolês com ela.

Um prazer revisar a Marcella (revisora comete metonímia). Um prazer ler a Marcella. Um prazer fazer parte de alguma forma deste livro mara, escrito por uma mulher mara, sobre mulheres mara (e outras nem tanto...), que defende o direito e o prazer das mulheres de passear e de escrever e de publicar e de contar suas histórias e de levar refri na festa, se quiser. Cá está Marcella Sarubi, trazendo refri e dos melhores. Espero que você saiba saborear.

Juliana Palermo

[agradecimentos]

Agradeço à minha mãe, Sonia, que me ensinou, por exemplo, o amor aos livros, às artes e à cultura. E também por ter sido minha primeira inspiração feminista da vida, mesmo que àquele tempo ninguém utilizasse amplamente o termo feminismo ou se autointitulasse de forma abrangente assim.

Agradeço ao meu filho Benjamin, que todos os dias me ensina novas formas de enxergar a vida, o que me ajuda profundamente na minha escrita, e também porque me impulsiona à superação, me tira da zona de conforto, gera em mim potência, sempre por ele, para ele e por meio dele. Sou melhor depois de ti, meu filho.

Ao meu companheiro Mário Melo, agradeço todo o estímulo, não só afetivo, mas prático, pois inúmeras foram as vezes em que me apoiou para que eu tivesse o tempo da escrita. E também pelas leituras e mais leituras dos meus originais, pelas ideias e dicas e trocas e papos filosóficos.

Agradeço à editora Urutau, representada pela afiada, certeira e talentosa Débora Rendelli e pelo sensível e generoso Tiago Rendelli, meus editores (#coração). Obrigada por acreditarem em mim como profissional do livro primeiro e, depois, como escritora e autora. Sem os ensinamentos e apoio de vocês, eu não tinha chegado aqui, não.

Agradeço à companheira Juliana Palermo, professora, revisora, a mulher que faz os vídeos mais divertidos no Instagram e ainda é puro estilo. Obrigada pelo carinho com o qual revisou este original pela nossa querida Urutau, e pela generosidade em escrever o Posfácio mais querido de todos os tempos.

Agradeço a mestres e professores que riscaram no meu caminho suas marcas indeléveis, me apresentando o universo da escrita, me estimulando a arriscar, em especial a Solveig Penteado, minha professora da antiga sétima série, com suas lições de redação.

Agradeço à Carla Oliveira, pesquisadora em literatura escrita por mulheres da Universidade do Estado do Rio de Janeiro, quem, numa curtíssima convivência inicial, me abriu os olhos para a *flâneuse* de mulheres compositoras do samba.

Agradeço também a meus familiares próximos.

Agradeço, ainda, a ancestrais e a mulheres da minha família, em especial minhas avós Edina e Maria da Glória, minha madrinha Heloísa e minhas irmãs Luíza e Mariana.

Agradeço à Marcela Prior, amiga querida, companheira de aventuras *flâneries* pela cidade do Rio de Janeiro e com quem coleciono histórias memoráveis, loucas, lindas, de coincidências e até de enigma nas andanças pelo Rio. Talvez ela não tenha se dado conta, mas é uma *flâneuse* também.

Por fim, agradeço a amigas e companheiras que comigo partilharam e partilham o front por um mundo em que as minas não tenham que ser tão fortes (parafraseando Emicida) e que, em um processo de sororidade, me inspiram e potencializam em mim o feminismo.

MARCELLA SARUBI

1983, Rio de Janeiro — RJ. É mãe e feminista. Jornalista, atua na profissão e em agências de comunicação desde 2003. É revisora e preparadora de livros. Já revisou mais de 300 livros de prosa, verso e dramaturgia. Aos 7 anos, pediu uma máquina de escrever. Ganhou e produziu seu primeiro jornalzinho caseiro. É na leitura e na escrita que encontra sentido para a existência. *Flâneuse* por vocação, do deambular pela cidade e de experiências pessoais ficcionalizadas é que saem suas histórias. *Contos de amor, desamor, drama e tragédia no Rio de Janeiro* é seu primeiro livro.

este livro foi editado

no verão

de 2024